聖女をクビになったら、
なぜか幼女化して
魔王のペットになりました。

エルダー殿下
オルラシオン聖王国の第一王子。
プレセアの元婚約者。
ヒマリ・ハルシマ
異世界からやってきた
もうひとりの聖女。
プレセア
人間界の元聖女。
無実の罪で処刑され、
目覚めたら幼女の姿に——!?

魔王・オズワルド
魔界を統べる王様のひとり。
プレセアをペットにすることを決める。
ティアナ
厳しくも優しいプレセアの
お世話係。

Contents

聖女をクビになったら、なぜか幼女化して魔王のペットになりました。

HARU MIUNE
美雨音ハル

ILLUSTRATION
にもし

口絵・本文イラスト
にもし

装丁
寺田鷹樹

プロローグ　待ちに待った婚約破棄！

「偽りの聖女プレセアよ。今日この時この場をもって、私は貴女《あなた》との婚約を破棄させてもらう」

笑っちゃだめ、絶対に。

もう少しでうまくいきそうなんだから、堪《こら》えるのよ、わたし……！

王太子――婚約者でもあるエルダー殿下の声を聞きながら、わたしは表情筋を抑えるのに必死になっていた。


ここはオルラシオン聖王国の中心にある、オルラシオン城の夜会室。本日は王太子の誕生会が開かれ、王侯貴族から地方の有力者まで、様々な人たちがこの場に集まっている。そしてそんな華やかなパーティーの真っ只中《まただなか》、現在進行形でわたしへの糾弾が行われようとしていた。

「……殿下。いったいどうしてそのようなことをおっしゃるのですか？」

いつも着ている純白の聖女服をぎゅ、と握って震える声でそう尋ねる。

うつむくと、結い上げることもせず、自然のままに下ろしていた長い金色の髪が、頬をくすぐって下へと流れ落ちた。

他の人とは違う、なぜか宝石を散らしたように輝く異質な金色の髪。本当は一つにまとめて目立たないようにしたかったけれど、聖女はどんな場所でも決して派手に着飾ってはいけないと言われているので、今日のパーティーでもいつものまま、髪飾り一つつけていない。「髪の色がやはりおかしい」「少しは隠せばいいのに」なんて散々ヒソヒソ囁《ささや》かれていたけれど、もうそんなことはどうだっていい。

ああ、うつむいてぷるぷる震える姿が、周りにはショックを受けているように見えればいいんだけど……。

「どうしてだと？　惚《とぼ》けるのもいい加減にしろ」

ちらりと視線だけを上げて、どこか興奮した様子の殿下を見る。

オルラシオン城の夜会室は、公式行事やパーティーを行うために絢爛《けんらん》豪華に飾られた大きなホールだ。夜会室の奥には壇があり、その上には立派な玉座が設《しつら》えてある。玉座は精緻《せいち》な刺繍《ししゅう》の施された赤いビロードの天蓋《てんがい》に覆われ、ひと目見るだけでその空間が特別な場所なのだと理解できる。けれどそんな特別な場所にある玉座には、誰も座していなかった。そのかわり、玉座の前には美しい男と女が立っていた。

一人は茶色の髪の男。わたしの婚約者かつ王太子であらせられる、エルダー殿下だ。見目麗しい、十八歳の成人男性。今上陛下は病床に臥せっており、現在国内の全ての政務を、王位継承権第一位であるエルダー殿下が代行している。

そしてもう一人は、艶《つや》やかな黒髪のまだ年若い少女。名前は確か、ヒマリちゃんって言ったっけ。

ついこの間異世界からやってきた、神秘的な雰囲気の女の子だ。きゅるんとした目がとっても可愛《かわい》い。

わたしがヒマリちゃんを見ると、彼女は怯《おび》えたように王太子殿下の陰に隠れた。

「もう国民ですら分かっているんだぞ。貴女が『聖女』と偽り、この十年間、城でやりたい放題していたことは！」

「……」

わたしは自分を聖女だなんて名乗ったことはないし、やりたい放題もしていない。

むしろ元いた養護院に帰らせてくださいって何度も神殿に頼んだし、いつも同じ素朴な聖女の服と、質素な食べ物しかもらっていなかったぞ……。

「神がセフィナタ神殿に異界より聖女を遣わしたことは、皆もよく知っているだろう？」

ホールにいた数百人の来賓に向かって、殿下が問いかけるように声を張り上げた。

そうそう。ヒマリちゃんがこの国にやってきたのは、三ヶ月くらい前だったっけ。神殿が急に光った後、いつの間にか彼女が祈りの間に倒れていたらしいんだよね。

その時は確か、魔物の氾濫期《スタンピード》で、怪我《けが》人がたくさん出ていた。そうしたら彼女、わたしより遥《はる》かに強い〈聖力〉をもって、祈りを捧《ささ》げ、怪我人を一気に治してしまった。

あの時の衝撃は今も忘れられない。だからわたしも思っていたのだ。

ヒマリちゃんが聖女でよくね？　と。

「これは偽の聖女によって苦しめられてきた我が国への、神の救いに他ならない！　ここにいる『ヒマリ・ハルシマ』こそが本物の聖女なのだ！」

いつの間にかわたしを中心に、周りにいた人々は割れたように距離をとっていた。夜会室の中心には、わたしだけがぽつんと一人で立っている。

「さらに貴女は十年間、聖女と偽っただけでなくその地位を奪われることを恐れ、ヒマリを殺害しようとした！」

え⁉　し、してねぇ〜！

全っ然してないんですけど！

「……わたしは、そのようなことは何も」

「嘘をつくな！」

殿下は感情を剥《む》き出しにして怒り、叫んだ。

「ヒマリのこの腕を見ても、まだ惚けられるのか⁉」

背後に隠れていたヒマリちゃんを、殿下はゆっくりと自分の前に押し出した。たっぷりのレースとフリルがあしらわれた黄色いドレスに身を包んだ彼女は、まるで舞台女優のように綺麗《きれい》だ。

ヒマリちゃんは涙目で、そっとドレスの袖《そで》を捲《まく》る。

——その手首には、包帯がぐるぐる巻きにされていた。

「先日、ヒマリが何者かにナイフで襲われた」

「……」

殿下がヒマリちゃんを抱いて、慰めるように囁いた。

「ヒマリ、貴女を傷つけた者は今ここにいるか？」

ヒマリちゃんは殿下にしがみつきながら、こくんと頷《うなず》いた。そして震える指を、ゆっくりとわたしに向ける。会場がざわついた。

「プレセアさま、です。プレセアさまが、私にナイフを振るったんです。お前なんか、聖女に相応《ふさわ》しくないって……」

なんてこと！　と周りの貴婦人たちが悲鳴をあげた。

「プレセアさま、どうか罪を認めてください。ちゃんと謝って、心から反省してください。そうすれば、あなたを罪には問いませんから……」

「ああ、なんて優しいんだ、ヒマリ。だが貴女に害をなそうとする者を、王宮に置いてはおけない」

殿下は首を振ってヒマリちゃんと熱い抱擁を交わした後、わたしに指をつきつけた。

「聖女と偽った虚偽罪に、未来の王妃を殺害しようとした殺人未遂罪！　私は貴女との婚約を破棄し、またその罪を王太子特権でさばかせてもらう！」

エルダー殿下はそう叫ぶと、騎士たちにわたしを捕らえるよう命じた。途端にわらわらと控えていた騎士たちがやってきて、わたしの体を乱暴に床に押さえつけてしまった。

「『聖なる額飾り《ディヴァイン・サークレット》』も返してもらおう」

殿下は階段を下りて、こちらへやってくる。殿下がコツコツ鳴らす靴音と連動するみたいに、わたしの心音も大きくなった。ああ、ドキドキする。

「これはヒマリのものだ」

——待ちに待った瞬間だった。

まさか、まさか。こんなにうまくいくなんて。


シャラン。


殿下が、わたしの額に嵌《は》められていたサークレットに手を触れた。中心に赤い大きなルビーがあしらわれた金色のサークレットは、もう十年近くもわたしの額を飾っていたものだ。贅沢《ぜいたく》を許されない聖女に唯一許された、身を飾る品。けれどわたしはそれがどんなに美しくても、高価でも、外したくてたまらなかった。こんなものはいらないとずっと思っていた。

殿下がサークレットに手を触れたその瞬間、涼しげな音がして、頭の締め付けが弱まる。そしてそれはするりと外れてしまった。

王族しか取り外すことのできないそれ。

わたしがどれほど、このときを待ち望んでいたことか。

「あっ……！」

サークレットが外れた瞬間、頭の中がすうっと静かになった。

今まで感じていた全身の痛みが、途端に引いていく。

大神官によってむりやり嵌められていたそれは、わたしの魔力を封じる代わりに激しい痛みをもたらす拷問具のようなものだった。

「あ、あ……」

痛みが、消えた。魔力が戻って来る。

体に力が溢《あふ》れてくる！

「さあ、ヒマリ。これは貴女のものだよ」

殿下はヒマリちゃんの額にそっとそれを嵌める。するとサークレットは、ふわりと優しい光を帯びてヒマリちゃんの額に収まった。わたしのときにはなかった反応だ。

「おお！」

周りのざわめきが大きくなった。

「こ、これが本物の聖女の力か……！」

「確かにプレセアさまのときにはなかったものだ」

「やはりヒマリさまが、本物の聖女だったんだ！」

やがてどこからともなく喜びの拍手が沸き起こった。ヒマリちゃんは目に涙を溜《た》め、みんなの前でお辞儀をする。さらに拍手の音は大きくなり、会場中に響き渡った。ホールが感動に包まれている中、わたしは騎士に引っ立てられ、部屋の外へと引きずられていく。早く退場させてくれーと思っていたわたしの背に、殿下が声をかけた。

「どうだ？　本物の聖女にサークレットを奪われた気分は」

「……」

「惨めなものだな、異端の瞳《ひとみ》の子よ」

よかった。周りが騒がしくって。

わたしはとうとう、堪えきれなくなって笑い声を漏らしていたから。

気分はどうかって？


——もうサイコーですよ殿下っ！　これで自由になれるんだから！


わたしは何も言わずに騎士によって引きずられ、城の地下牢《ちかろう》にぶち込まれた。冷たい石畳の床に放り出される。日常的に食事を抜かれ、やせ細った体は、ごろんごろんと勢いよく床を転がった。

「ただの庶民が、やっぱり聖女なわけないよな」

「ヒマリさまに害をなそうなんて、お前は地獄行きだよ」

騎士たちはそう捨て台詞《ぜりふ》を残し去っていく。キイと扉が閉まり、中が暗くなった。

誰もいなくなったのを確認してから。

「……った」

ぽつりと呟《つぶや》く。

もう、我慢できない。

わたしはパアッと顔を輝かせて、絶叫してしまった。
「やったぁあああああ‼」
ついに！
魔力封じのサークレットが！
外れた！
外れたのよ！
長かった。
八年もかかってしまった。
ありがとう異世界の聖女。
君はわたしの恩人だ！

第一章　牢屋のパンは意外とうまい

「はぁあ……パンうま……スープうま……」

薄暗い牢屋の中。わたしは出された質素な食事に、野良犬のごとく齧《かじ》りついていた。

カッチコチのパンに、冷めたスープ。見た目はアレだが、味はまあまあ美味《おい》しい。

『聖なる額飾り《ディヴァイン・サークレット》』のせいで、もうずっと体中痛くてごはんの味もしなかったんだよね。やっぱお城のパンって、硬くても美味しいんだなぁ」

そう呟いて、次はしみじみとスープもいただく。

うん。これもじっくりコトコト煮込んでいるのか、野菜の旨みが滲《にじ》み出ていてすんごく美味しい。

硬いパンを浸して食べるのもいいんだよね。

「ここ一週間、スープは日替わりだし、もうそれだけで最高だよ～」

わたしは出された食事を綺麗に平らげて、冷たい牢屋の床に寝っ転がった。


あの婚約破棄騒動から、あっという間に一週間が過ぎていた。

聖女として今まで忙しかったせいか、牢屋での生活はまったりのんびりとしていて意外にも快適だった。ごはんも美味だし、寝ていても文句言われないし。

まあ、サークレットがないのが一番の理由なんだろうけどさ！

ここで少し、自己紹介をしておこう。

聖女だとか、『聖なる額飾り《ディヴァイン・サークレット》』だとか、聞いている方はよく分かんないだろうしね。


わたしの名前はプレセアという。

このオルラシオン聖王国の聖女だ。魔界と人間界との間に結界を張るのがお仕事。

……まあでも、先日の婚約破棄騒動でついにクビになっちゃったんだけどさ。

さて、そんなわたしが聖女に選ばれたのは推定五歳のときのこと。推定五歳っていうのは、わたしが身よりがなく誕生日がよく分からないから。養護院の院長先生が「かけがえのない大切なもの」という意味を持つ「プレセア」という名と、誕生日をくれたのだ。家族はいなかったけれど、わたしは養護院でそれなりに幸福に暮らしていた。

けれどある日、王都から神官たちがやってきて言ったのだ。「あなたが今代の聖女様です」と。

なんと、神殿にわたしが聖女であるというお告げがくだったらしい。


オルラシオン聖王国は、昔から魔界との間にある問題を抱えていた。

魔界というのは、魔力をその身に宿した凶暴な魔族たちが暮らす世界のことだ。この宇宙にはいくつもの世界と、その世界を管理する神様がいると言われている。便宜上、わたしたち人間の暮らす世界を人間界、魔族たちが暮らす世界を魔界と呼んでいる。そういえばヒマリちゃんがいた世界は確か「地球界」って呼ばれているらしい。

こんな感じで、ただたくさんの世界と神様が存在するだけならそれでよかったんだけど……わたしたちの住む人間界は「魔界との距離が近すぎる」という問題を抱えていた。

人間界と魔界とは表と裏、光と影のように、密接な関係を持つと言われている。

そんな魔界には人間界でいう空気のように、『瘴気《しょうき》』というものが存在しているらしい。それが人間界に入り込むと、動物が凶暴化して魔獣になったり、人体に悪い影響が出て、争いや犯罪などが増えてしまうのだという。人間界は昔からこの瘴気に悩まされてきた。

そんな瘴気を食い止めるために存在するのが『聖女』と呼ばれる存在だ。聖女は人間界の神『セフィナタ』に愛され、『聖力』と呼ばれる神秘の力を授けられてこの世界に生まれてくる。

聖力を使ってできることは『癒しを与えること』と『結界を張ること』の二つだ。

つまり怪我《けが》や病気を治したり、国を包み込むように結界を張ることで、魔界から来る瘴気を食い止めることができるのだ。

そしてそんな聖女をオルラシオンに繋《つな》ぎ止めておくために、代々の王さまと聖女が結婚するのが、この国のしきたりとなっている。わたしも例に漏れず、五歳のときに神殿にあがり、七歳のときに国の結界維持の任を前聖女——王妃さまから受け継いだ。

王妃さまは体が弱くて、その後若くして果無《はかな》くなってしまわれたのだ。

それまで神殿で修行していたおかげか、結界維持自体は滞りなく行うことができた。

ただし、わたしには大きな問題が二つあった。

一つ目。わたしには潜在的に膨大な量の『魔力』があったこと。

魔力とは、魔族が内に秘める穢《けが》らわしいエネルギーのことだ。聖力と魔力は、相反する関係にあるらしい。そのため、聖女の力を増幅させる『聖なる額飾り《ディヴァイン・サークレット》』をつけると、体内にある魔力と反発しあって体に激痛が走り続ける。

それでもわたしは、聖力を上げ続けるためにこのサークレットをつけなければならなかった。

結果、何年間もサークレットによる激痛に悩まされることになったのだ。

そして問題の二つ目。

それは王太子殿下含め、貴族全般からの支持が得られていなかったこと。これはわたしの出自と、魔力の高さが原因だった。

オルラシオン聖王国では魔力が高いと犯罪者予備軍として忌み嫌われ、ひどいときには収容所に入れられたり、処刑されたりしてしまう。魔力を持つ者は魔法という穢れた呪術を扱えることから、国民の多くは魔力持ちの人たちを恐れているのだ。

魔力持ちであることを隠そうと思っても、魔力が高ければ髪や瞳の色が常人とはかけ離れたものになるため、すぐにばれてしまう。

わたしの場合、髪の毛が宝石を散らしたようにキラキラと光る金色。この点だけでも若干おかしいが、決定的だったのは目の色が濃いマゼンタ色だったことだろう。

この国の人たちは茶色や黒など、暗い色の髪や瞳を持って生まれることが多い。マゼンタ色の瞳の人間なんて、探してもこの国にはきっとわたししかいないと思う。

そのせいでわたしは、ずっとみんなに嫌われていた。いつか国を裏切るのではないかと噂され、魔力の強い穢れた子どもだと囁《ささや》かれていたのだ。

それでもお告げがくだったのだから、とわたしは聖女に祀《まつ》り上げられた。この時点で、体の弱かった王妃さまの後任の不安もあったのだと思う。嫌だと言っても聞き入れられるわけがなく、神殿と王宮に監視されながら、わたしは聖女の務めを果たし続けた。

養護院のみんなに会いたくて、何度か逃げ出そうとしたこともあった。世間の人たちがなんと言おうとも、養護院の院長先生と仲間たちだけはわたしを庇《かば》ってくれていたから、みんな大好きだった。あたたかいあの場所に、ずっと帰りたいって思ってた。

もちろん、逃亡は全て失敗に終わったけどね。

サークレットのせいであまり表情も出なくなっちゃって、気味が悪いって殿下に言われたっけ。だけど痛いとか辛いって顔したら怒られるし、痛みがひどいせいで笑うこともできないし、無表情でいることがわたしの精一杯だったのだ。

王妃教育も、激痛のせいでまともに受けられなかった。授業を受けていても、何一つ頭に入ってこなかったのだ。だから礼儀はなっていないわ、学はないわで、高貴な血を持つ方々からは、わたしはたいそう煙たがられていた。

けれどそんなことも気にならないくらい、聖女の役目は忙しかった。

ただでさえ結界を張り続けるのは大変なことなのに、その上怪我人を治療したり地方を巡行したりと、やるべきことがたくさんあったのだ。

もう、毎日疲労で死ぬかと思っていたくらい。

だからヒマリちゃんが来たとき、わたしはもしかしたらって思ったんだよね。

詳しくはわかんないけど、ある日神殿に『真の聖女が異世界より来たる』というお告げがくだった後、ヒマリちゃんが異世界からやって来たらしい。

可愛《かわい》くて聖力も強いヒマリちゃんに、エルダー殿下は夢中になった。それは運命の赤い糸が繋がっていたかのように。

ヒマリちゃんの方も積極的に怪我人を治療したり、貴族たちと交流を持ったりと、自然に聖女らしい生活を送るようになっていった。

だからわたしは、もしかしたら聖女をやめられるかも!?　と思ったのだ。


そして実際に、そうなったわけだ。

よくわかんない罪を被せられちゃったけど。

幸いなことに、ヒマリちゃんは異世界から来たせいか魔力がない。だからサークレットを嵌《は》めても、痛みもなく聖力を使うことができるはずだ。どうか彼女がサークレットに苦しめられることになりませんように、とわたしは願う。

「はふぅ。もっと食べたいなぁ」

牢屋の中でわたしはお腹をさすった。

美味しいんだけど、量だけは物足りないかなぁ。

腹八分目って感じなんだよね。

ああそうだ、あとデザートとか、甘いものとかあったら、すんごい嬉《うれ》しいかも。

わたし、チョコレート食べたいな。

神殿では贅沢《ぜいたく》が身につくからって、禁止されてたんだよね。

お腹をさすりながら、汚いベッドの上に寝っ転がる。

わたしがなんでこんなに余裕なのかっていえば、それはもうサークレットが外れたから、の一言に尽きる。そのおかげで魔力を使い、魔法を行使できるようになったのだ。

「さぁて、今日も飛行訓練でもしますか」

しばらく休憩してから、わたしは上半身を起こすと目をつぶって集中した。

魔法に種類があるのかとかはよく分からない。だからわたしはこれを飛行魔法と呼んでいる。

ふわり。

体が宙に浮き上がった。これは体を浮かせる魔法。

昔、養護院ではこうやっていろんなところをふわふわと飛び回って、先生に怒られたものだ。

「うーん、まだ不安定だなぁ……ってうぎゃあああ!?」

集中力が切れたせいか、体が勢いよくさらに跳ね上がった。

当然天井にぶつかり、思わず悲鳴をあげてしまう。

すると今度は魔法が切れて、ビターン！　とベッドに落ちてしまった。

大声を上げる。


悲鳴を聞いたのだろう。見張り番がわたしのもとへすっ飛んできて、

「おい、なんの音だ⁉」

「な、なんでもないれふ……」

わたしは鼻をさすりながらそう言った。

うわーん、低い鼻がさらに低くなっちゃう……。

涙目になっているわたしと、すっからかんになったスープ皿を見て、見張り番はふんと鼻を鳴らした。

「なんだ、いくら最後の晩餐《ばんさん》が不味《まず》いスープと硬いパンだからって、騒ぐんじゃねぇよ」

「！」

「あんた、どうせ神殿ではいいもんばっか食ってたんだろ？　これは天罰なんだよ」

見張り番はそう言うと、ニマニマと笑って懐から何かを取り出した。

チョ、チョコレートだ！

「ああ、仕事中に食うチョコレートはうめぇなぁ」

そう言って、わたしの前でこれ見よがしにチョコレートを食べ始める。

そして食べ終わったゴミをポイッと牢《ろう》の中へ投げ捨てた。

「ほら、最後の晩餐に甘い物でも食べときな」

……こんの性悪クソオヤジ！

食べるも何も、ゴミじゃんか！

わたしの屈辱に塗《まみ》れた顔を楽しんでから、見張り番はゲラゲラ笑って去っていった。

「ううう、許せん……！　最後くらい、甘いもの食べさせてくれてもいいじゃん！」

神殿では甘いものは禁止されていた。けれど禁止されればされるほどわたしの甘いものへの執念は深まってしまったらしく、たまに隙を見ては王宮の厨房《ちゅうぼう》からクッキーなんかをくすねていた。

あああ、ムカつく。甘いもの食べたい！

「……」

……なぁんて、実は呑気《のんき》に怒っている場合ではない。

「……あーあ、いよいよ明日《あした》かぁ。こんな不安定な飛行魔法で、うまくいくのかなぁ」

チョコレートの恨みもすうっと引いて、わたしはため息を吐《つ》いた。

捨てられたゴミを拾って、クシャリと握り潰す。

「……処刑なんてひどすぎだよね」


そう。

実はこのわたくし。

明日の朝、処刑されちゃうのである……。

第二章　ビバ★処刑

「したがってその者を『刻戻《ときもど》りの刑』に処す！」

谷底からびゅうう、と強風が吹き上げてくる。空は灰色。今にも雨が降り出しそうだ。そんな中、わたしは腕を縛られ、渓谷に突き出すように設置された処刑台の上に立たされていた。

本日はわたしの処刑日。

未来の王妃の殺害を企てたこと、聖女だと偽り続けたこと、そして魔力を持って生まれたことの罪を死んで償うのだ。

けれどただの処刑じゃない。

国はわたしに、十年間結界を守り通してもらったという恩がある。

だからわたしは斬首刑ではなく『刻戻りの刑』に処せられることになったのだ。

この国には魔界に繋がると言われている、深い深い『刻戻りの谷』という場所がある。それは谷底を確認することもできないほど深く、真冬の夜よりも暗い闇に包まれているのだと言う。

刻戻りの谷に身を投げれば落ちていくにつれて体が若返り、やがて赤子に、そして母親の胎内にいた頃にまで刻が巻き戻り、もう一度生まれ変われるという伝説がある。つまりわたしは、生まれる前からやり直すのだ。

斬首ではなく刻戻りの刑であることをありがたく思えと、あの人は言った。

わたしの婚約者であった、王太子さまは。

これはヒマリの恩情だと。

ヒマリが頼んだから、貴女《あなた》をもう一度初めからやり直させてやるのだと。

けれどなんでも同じだ。要するに斬首ではないが、高いところから飛び降りて死ね！　ということである。斬首よりも矜持《きょうじ》は保たれるだろうけど、死ねばみんな同じではないのか。わたしがいなくなった世界でプライドだけが保たれたって、意味がない。

「クビを斬られて死ぬか」「投身自殺するか」という死に方の違いだけである。

死ねばみんな一緒だもん。

びゅうう、と風が吹く。

わたしは閉じていた目を開いて、谷底をちらと覗《のぞ》いた。

うわ……深……。

「最期に何か言いたいことはあるか？」

処刑人にそう問われ、わたしは少し考えたあとで言った。

「ヒマリさまにごめんなさい、と伝えてくれますか」

聞けば、ヒマリちゃんってわたしと同じ歳らしい。

十五歳。

わたしは聖女の任を放り出す者として、彼女に伝えなければいけないことがある。

彼女の顔を思い出すたび、わたしの心には影がよぎる。

わたしは……。

「ようやく己の罪を認めたか」

冷たい声がした。

振り返れば元婚約者さまがふんぞりかえって、処刑観覧用の椅子に座っていた。殿下だけじゃない。この場には貴族から好奇心旺盛《おうせい》な平民まで、様々な見学者がいた。

この荒《すさ》んだ国で処刑は娯楽でもある。特にわたしのようなニセモノの聖女の処刑となれば、好奇心を掻《か》き立てられるのも仕方がないのかもしれない。

みんなに見られて、なんだか居心地が悪いな……。ヤジが飛んでいるような気もするけど、聞こえないフリをしておこう……。

「だがもう遅い。罪を認めたところで、貴女の処罰が軽くなるわけではない。貴女のせいでヒマリは精神的に疲れて、部屋で寝込んでいるんだ」

……。

「早く執行してくれ。ヒマリのもとに帰らなければ」

本当に殿下はヒマリさまと仲がいいのね、と処刑場が少し和やかな空気になった。

進め、と言われて谷へ突き出した処刑台の先へ、歩みを進める。先端に立つと、やっぱり怖くて足が震えた。けれど後ろには剣を持った兵士がいる。飛ばなきゃ、あれで斬られて痛い思いをするだけだ。

わたしはふう、と息を吐いた。

わたしはこれから谷底へ落ちたと見せかけて、飛行魔法で死を回避するの。

落ち着いたらまずは養護院に行って、先生たちに会う。

それからどこか遠い場所でなんとか職を見つけて、楽しい平民ライフを送る！

これは新しい一歩なんだから！

「よーし」

やってやろうじゃん！

わたしは目をつぶった。

強い風を感じる。

わたしは鳥だ。

自由な鳥。

もう籠《かご》の中の鳥なんかじゃない。

この翼を広げて、自分のために自由にどこまでも飛んでいく。

――もう二度と、誰かのために祈ったりなんかしない。

……よし、今なら行けそう。

プレセア、飛びまーす！

わたしは一呼吸置いたのち、自ら奈落《ならく》の底へと足を踏み出した。

――がくん。

体が一気に、下へ下へと落ちていく。

「ふひゅっ」

ひゃあああ、怖い怖い！　やば、思ったより怖い！

ものすごいスピードで体は落下していく。

こ、怖がっちゃダメ。飛ぶんだ！

わたしは歯を食いしばって、いつものように集中した……が。

「あれぇえええ⁉」

いや待って。あんだけ余裕かましといて、飛べないんですけど⁉

「うへゃぁあああ⁉」

うそうそうそ！　なんで⁉　なんで飛べないの⁉

このままじゃわたし、ほんとに死んじゃうじゃん！

あたりは真っ暗になっていく。それが余計に焦りを煽《あお》って、うまく魔法を発動できなくしていたのかもしれない。

「あ～れ～！」

わたしは涙と鼻水を撒《ま》き散らしながら、どこまでも落ちていく。

あー……。

わたしの人生って、一体なんだったんだろ。

聖女にさえならなければ、養護院であのまま楽しく過ごせたかもしれないのに。

……いや、もしかするとこの異質な見た目と大きな魔力を持つ限り、わたしはずっと誰にも愛されず、認められなかったのかもしれない。

ねえ神さま。

わたし、次はちゃんとした人間に生まれたいよ。金色の髪もマゼンタの瞳《ひとみ》もいらない。黒い髪と黒い目が欲しい。もうわがままも言わないし、甘いものもねだらないから……。

誰かのために祈り続ければ、認められて、みんながわたしに優しくしてくれるようになるってずっと思ってた。でも全然違った。結局、わたしは何者にもなれなかった。

わたしはいったい誰？　誰にも認められなくて、まるで透明な空気みたい。

わたしの居場所は、どこだったの——？

闇に包まれるように、わたしの意識は薄れていった。

◆

その男は、瓦礫《がれき》の上に立って空を見上げていた。そこには昔、何かとてつもなく大きな建築物があったらしい。けれど今では朽ち果て、巨大な瓦礫の山と化していた。

肩につくかつかないかの、サラサラとした漆黒の髪。同じく夜の闇よりも深い色をした瞳は、空のただ一点を見つめている。

その身に纏《まと》う黒い外套《がいとう》が、風に揺れた。男は黒い手袋を嵌《は》めた手を空へと伸ばす。

空が光った。

何かがゆっくりと、落ちてくる。

男は囁《ささや》くように、言った。

「さあ、来い。俺の――」

第三章　幼女になっちゃった⁉

「困ったなぁ。どうして貴女《あなた》は、こんな簡単なマナーも知らないんだ？」

幼き日。王宮のある一角でわたしはエルダー殿下とお茶をしていた。聖女は結婚するまでは神殿で暮らすことになっている。だから年に数度ある殿下とのお茶会は、わたしたちが交流を深めるための、非常に貴重な時間だった。

けれどそんな貴重なお茶会だというのに、わたしは手が震えてティーカップをひっくり返してしまったのだ。あたふたと片付けようとするわたしに、殿下はネズミでも見るような目をして言った。

「プレセア。たとえ粗相をしたとしても、すべて後始末は女官たちに任せるんだよ。床に落ちたカップを拾うなんて、はしたないことだ」

床に座り込んでいたわたしを見下ろして、殿下はため息を吐《つ》く。

「どうして貴女はそんなに落ち着きがないのかな。手なんていつも震えているし。それにもう少し、表情も改善した方がいいと思うよ。貴女はあまりにも笑顔が少ない」

……だって、体中が痛い。

体の中から針で刺されているみたい。

それでも大神官さまから苦痛を顔に出すなって言われた。それが聖女なんだって。

痛くて、笑うことはできない。

だけどせめて痛みを感じている様子を見せないようにって、いつもなんとか表情を取り繕ってい
る。これがわたしの、せいいっぱい。

わたしは悲しくなって殿下に頼み込んだ。

「体が、痛いんです。お願いです、殿下。これをどうか、外してください……」

痛い。痛いよ。もうこんなのはいや。毎日食べ物の味もしない。眠りも浅くて、数十分おきに目覚めてしまう。それでもわたしは聖女だから、結界を張り続けなければいけない。そうじゃないと、この国の人たちが困ってしまう。だったらせめてこのサークレットを外して……。

「大げさだなぁ、君は」

エルダー殿下は苦笑してため息を吐いた。

「サークレットをつけているだけで、そんなに痛むわけがないだろう?」

「でも……」

「母上はそのようなこと、一度も言わなかった。出自が養護院だからって、マナーがなっていないことや、勉強ができないことの言い訳にはならないんだよ?」

貴女はもうここへ来て何年も経つのだから、と殿下は言う。

「それは王妃殿下に魔力がなかったから……」

わたしがそう呟《つぶや》くと、殿下の目が細くなった。

「本来なら到底ありえないような身分から貴女は聖女となり、私の婚約者となった。それがどれほど幸運なことか、分かるかい？　それなのに貴女はまだ、魔力を言い訳にするなんて……それはただの、甘えじゃないのか？」

「あま、え……」

「なぜ君が、聖女なんだろう」

殿下はぽつりとそう漏らした。失望したような顔でわたしを見下ろす。何よりもその瞳がわたしを認めていないことを物語っていた。

だけど、殿下。わたしだって聖女になんてなりたくなかった。こんな痛みを抱えて生きるくらいなら、あなたの妻になるよりも、貧乏でいいから自由に生きたかった。みんなが待っている養護院に帰りたい。先生に、会いたい……。

きっと、わたしたちは分かり合えないのだろう。殿下は聖女になることが光栄なことだと思っているから。聖女になること、国母になることは幸せなことだと何一つ疑っていないから。人を守りたいという気持ちはわたしにだってある。だったらなおさら、このサークレットを外してほしい。体中が痛い。これでは守れるものも守れない。

ほんの一瞬でいいの。前みたいに、痛みもなく、なんの責任もない子どもとして、自由に遊びまわりたい。

聖女の修行も、マナーレッスンも、勉強も。

全部全部放り出して養護院にいたときみたいに、楽しいこと、いっぱいしたいな――。

◆

「あぁ、なんて愛らしい子なのでしょう。ほっぺなんてぽにょぽにょだわ。人間の子どもというのは、皆こんなにも可愛《かわい》いものなのかしら」

ぽにょぽにょ。

ほっぺを何者かにつつかれて、わたしの意識は夢の中からゆっくりと浮上した。

「ん……？」

な、なに……？

目を開けると、見知らぬ天井……というか天蓋《てんがい》付きベッドの天井が目に入った。

なんだこれ。ここ、どこ？

体がうまく動かない。

わたし、なにやってたんだっけ……。

「あ！　お目覚めですか」

くしくしと目をこすっていると、わたしの顔を誰かが覗《のぞ》き込んだ。ぎょっとして思わず変な声をあげてしまう。

「えっ？」

長い髪をハーフアップにした綺麗《きれい》な女の人。オルラシオン城のお仕着せとは違う、見たことのな

い お仕着せを着ている。けれどびっくりしたのはそこじゃない。

頭ににょっきりと、生えていたからだ。金色に光る、くるんとした形の小さなツノが。おまけに髪の毛と瞳はラベンダー色。

明らかに彼女は人間じゃなかった。あのツノは本物なの……？

「まあまあまあ。なんて綺麗な瞳なのかしら」

女の人はわたしの瞳を覗き込んで、うっとりとため息を吐いた。

き、きれいって言われちゃった……。今までそんなこと、言われたことなかったのに。

数回瞬《まばた》きをした後、わたしは重い体に鞭打《むちう》って、なんとか起き上がった。目をキラキラさせていた彼女だったけれど、ハッとしたように体を起こすのを手伝ってくれる。

「体の調子はどうですか？　どこか痛いところはありませんか？」

「だいじょうぶ……」

そう答えてあたりを見回すと、自分がとんでもなく広々とした豪奢《ごうしゃ》な部屋で休んでいたことに気づいてびっくりした。部屋には厚い詰め物をしたツヤツヤ光る革のソファや、脚の部分に細やかな木彫細工が施されたテーブル、その他にもなんだか高級そうな家具が置かれている。

大きな窓には赤と金の垂れ飾りがついた、まるで貴婦人のドレスみたいなカーテンが吊《つ》るされていた。あんな風にベルベットやレースを幾重にも重ねたカーテンを吊るすのは、高級な家具を日差しから守るためなのだろう。

見上げれば、たくさんのクリスタルでキラキラと光るシャンデリア。よく見ればアームや受け皿に妖精《ようせい》やお花の飾りがあって、すごく綺麗だ。

「わぁ……」

煌《きら》びやかな部屋に感動する。

あれ、でもわたし、何してたんだっけ……。ここへ来るまでの記憶がない。確か、雨が降り出しそうな日の朝に処刑されて……？

ああ、そうだ。わたし、あの谷に落ちたんだ！

思わず自分の体を抱きしめた。怖い記憶が蘇《よみがえ》る。ぽっかりと口を開けた闇の中へ落ちていく生々しい記憶は、わたしの背筋を凍らせた。

……けれど今、わたしの体はしっかりとここに存在している。幽霊みたいに透けたりもしていない。なんでわたし、生きてるんだろ……？

「あの、ここは？　わたし、なんでここに……」

女の人は気遣わしげな顔をした。

「ここは魔界の魔王城ですわ。詳しい事情は私も分からないのですが、あなたは人間の世界から落ちてきたところを、魔王さまに助けられたようなのです」

「……は？」

まぁたまたぁ。

なにをそんな、真剣な表情で言っちゃってんの？

魔界なんて生身の人間が行けるわけないじゃん。

「私は魔族のティアナと申します。魔王さまの命令により、あなた様のお世話をさせていただくことになりました」

「ま、魔族……？　お世話……？」

本気で言ってるの……？

魔族に見つかったら人間は嬲《なぶ》り殺されるって聞いてたんだけど……。それに神殿にいたときですら、自分のことは自分でやってたぞ。

びっくりしてキュ、と毛布を握るとティアナは優しく微笑んだ。全然襲ってくる気配はない。

「陛下はしばらくあなたをここで安静にさせるようにお命じになりました」

え、え～、なんじゃそりゃ。魔界とか魔王とか、やっぱり信じられないよ。

ティアナは眉《まゆ》を寄せて言った。

「けれど、その……あなたさまには元々暮らしていた場所がありますよね？」

そりゃあるけど、絶対戻りたくない。

ぶんぶんと首を横に振るわたしに、何かを察したのかティアナは何も言わなくなった。

「……こんな小さな子どもをほっぽりだすなんて、最低ですわ。体もこんなにやせ細って……」

ティアナはわたしを痛ましそうに見た。

小さな子どもって……わたしもう十五歳だよ。成人してるよ。

と思ったところで、そういえばなんだかいつもより視点が低いことに気づいた。

声も若干、高いような気がするし……。

視線を下げれば、自分の手が目に入る。誰かが着替えさせてくれたのか、可愛らしいフリルがふんだんにあしらわれた質の良い寝巻きを着ていた。なんだか高級そう。こんなの借りてよかったのかな……。

って問題はそこじゃなくて。

袖《そで》から出ている、ちっちゃなぽよぽよした手。

……。

…………⁉

「んん⁉」

わたしの手、こんなに小さかったっけ⁉

ほっぺに手を当ててみる。

なんだかふにふに。めちゃくちゃ柔らかい。

「安心してくださいませ。ここには可愛いぬいぐるみも、美味《おい》しい食べ物も、いっぱいありますからね」

ティアナはどこから取り出したのか、ふわふわとしたウサギとクマのぬいぐるみを両手に持って揺らしてみせる。その顔はなんだかデレデレで、まるで人が子犬とか子猫を見るときの顔にそっくりだと思ってしまった。

「ほら、ウサちゃんとクマくんですよ」

いやいや、やめてやめて⁉

十五歳の成人女性にそれはきついぞ！

と思ったわたしだったけれど、ふとウサギの目に縫い付けてあったキラキラと光る宝石に目が留まった。

宝石に映るのは、間抜けな幼子の顔。

五歳くらいだろうか。

なんだか、昔のわたしに似ていなくもないような……。

「え」

ま、まさか。

わたしが頬に手を当てると、宝石の中の幼女も同じ仕草をする。

「え――っっ⁉」

わたし、ちっちゃくなってる――――⁉

◆

「はい、熱いですからね。ふうふうしましょうねぇ」

破顔しながらふうふうとリゾットを冷ますティアナを横目に、わたしは頭の中でこれまでのことを整理していた。

①まず、わたしはオルラシオン聖王国の元聖女・プレセア。十五歳。
②異世界から本物の聖女がやってきたので、聖女をクビになった。
③そんでもって、聖女をいじめたとかいう無実の罪を着せられて処刑された。
④飛行魔法で逃げるつもりが結局、土壇場で魔法が使えなくてそのまま落ちちゃった。
⑤目が覚めると、幼女に。おまけにここは魔界の魔王城らしい……。
「はい、あーん」
⑥そしてリゾットはうまうま。

以上がわたしが実際に体験した出来事である。はふはふと熱いチーズリゾットを食べながら、わたしは考える。

どうやらここは本当に魔界らしい。

落ちついて観察すると、なんとなく空気で分かった。この世界には人間の世界で悪しきものとされている『瘴気《しょうき》』が濃く漂っている。長年結界を張っていたから、瘴気の感覚はよく分かるのだ(けれど瘴気って、浴びてみるとなんだか心地よい。そんなに悪いものでもないような……)。

それにティアナの見た目も、明らかに人間のそれとは違うし。

ティアナは平気で魔法を使っていた。リゾットを温めるのに火打ち石も使わず、小さな炎を生み出す摩訶不思議《まかふしぎ》な道具——魔道具というらしい——を使用していたのだ。

人間界では、魔力持ちの人は絶対に見知らぬ人の前で魔法を使ったりしない。密告されて、収容所へ入れられるかもしれないから。

何よりも、窓の外に人間界では絶対に見ないような、巨大で奇怪な生き物たち（ドラゴンというらしい……）がビュンビュンと飛び交っているのを見て、ここはやっぱり人間界じゃないんだ……という答えに行き着いた。

もう驚きすぎて、一周回って冷静になっちゃったよ。今すぐ逃げ出した方がいいのではとも思ったけれど、どうもこのティアナという魔族はわたしに危害を加えるつもりはないようだし、体調も悪かったのでそのままお世話されているというわけだ。

「さあ、このティアナがしっかりお世話して差し上げますからね！　たくさん食べてたくさん眠っていれば、そのうちに体もよくなっていきますよ」

ほっぺについた米粒をティアナに拭《ぬぐ》われる。

今の幼女なわたしは、ほっぺに米粒がついていることにも気づかない。手の感覚も鈍くて、以前よりずっと不器用になってしまった。多分文字とか絵も、今書いたら子どもっぽいものになってしまうのだろう。

あぁ……なぜこんなことに。

刻戻《ときもど》りの谷は魔界に通じてるって伝承があったけど、まさか本当だったなんて思いもしなかったよ……。もしかして、こんなに小さくなっちゃったのも、刻戻りの谷のせいなのかもしれない。

っていうか魔王はどういうつもりでわたしを助けたんだろう？

疑問がたくさん出てくる。

それと同時に、冷や汗も大量に浮き出てきた。

人間界と魔界は非常に仲が悪い。

魔族は結界がなくなろうものなら、すぐにでも人間界に攻め込んで、人間界をのっとろうとしているのだと教えられた。

……これ、わたしが元聖女ってバレたらやばいやつじゃね？

第四章　?・?・との遭遇

生クリームとフルーツがたっぷり載ったホールケーキ。ふんわりとした色合いのカラフルで可愛《かわい》いマカロン。焦がしキャラメルのプディングに、バターとメープルシロップのかかったパンケーキ。ああ、なんて素晴らしいのだろう。

ここは天国なのでは？

「プレセアさま、気に入ったものをどれか一つだけと、ティアナと約束したでしょう？」

クリームまみれになったほっぺたを、ティアナがハンカチで拭ってくれる。

「そんなにいっぱい食べたら、またお腹が痛くなってしまいますよ？」

「へーきへーき！　美味しいから！」

あ～幸せ～。

神殿では食べられなかった甘いものが、こんなに食べられるなんて！

もう一生ここで暮らしてもいいんじゃ……と思いかけてわたしはハッと、今いる場所が魔界であることを思い出す。

い、いかんいかん。

元聖女だとバレる前にこの城を脱出しなきゃ、魔王に何をされるか分からないんだから……！

わたしがこの城で目覚めてから、三日が経った。ティアナが世話を焼いてくれたおかげか、体は随分回復した。もう部屋の中を走り回ることもできる。

けれど栄養失調気味なせいか、それとも体が五歳児になってしまったせいか。原因はよく分からないけれど、あまり長い時間起きていることができなかった。

疲れて、すぐ眠っちゃう……。

食事中に眠ってしまうこともしばしばあった。

それが余計に子どもっぽく見えたのだろう。ティアナはわたしが五歳児だと本当に信じて疑っていないようだった。今日だって、お菓子が食べたいと駄々をこねたら、こんなにたくさんのスイーツを用意してくれたのだ。

ここまで大切に面倒を見てくれたティアナには嘘をついて申し訳ないけど、でも元聖女だってバレたらまずいもんね。命は大事。

結局、わたしをこの城に連れてきたという魔王には、まだ会っていない。

今、お仕事で城にはいないそうなのだ。わたしはこれをチャンスと見た。とにかく命あっての物種だ。楽しい平民ライフを送るために、まずはこの城を脱出しなきゃいけない。

「あらあら、おねむですか？」

わたしの手が考え事で止まっていたからだろう。ティアナはわたしが眠いと勘違いしたのか、手からフォークを抜き取って、わたしを抱っこした。

「じゃあ、ベッドに戻りましょうね」

ティアナは子どもが大好きらしい。とにかくわたしの世話をしたくて仕方がないようだった。

この三日間、ずっとつきっきりで面倒を見てくれている。

天蓋《てんがい》付きのベッドにわたしを寝かせると、ティアナは部屋の明かりを消した。

魔界ってすごく便利なものが多い。部屋の明かりも摩訶不思議な道具で管理されていて、スイッチに手を触れるだけで、天井に設置された明かりをつけたり消したりできるのだ。人間界よりもずっと文明が発達しているような気がする。

まあ、部屋の外に出たことがないからそれ以外のことはよくわからないんだけどさ。

「おやすみなさい」

そう言ってティアナはちゅ、とわたしの頬にキスをした。

しばらくそばで頭を撫《な》でて、わたしが目をつぶるのを確認すると天蓋をそっと下ろす。

そして物音を立てないように、静かに部屋を出て行った。

「……」

行った？

もう行ったよね？

ティアナが部屋からいなくなったのを確認して、わたしはぴょこんと飛び起きた。ティアナはわたしに異変がないか確認するためにすぐ戻ってきちゃうから、やるなら今のうちだ。

ベッドから床へ降りる。

「いてっ」

慌てすぎたのか、どしんと落下してしまった。まだ小さな体に慣れていないみたい。

枕元に置いてあったぬいぐるみたちが、ぽんぽんと一緒に落ちてくる。わたしはウサギのぬいぐるみをひっつかむと、天蓋を押しのけて窓辺までトタトタと走った。

窓を開けてこっそりと下を見れば……よし、誰もいない。

窓の下は庭園になっていて、ここからでも綺麗《きれい》なお花が見える。

「ふふ。あんな崖《がけ》から飛び降りたんだもの。もう怖いものなんかないよ」

とは言いつつも、また飛行魔法を失敗したら怖いのでウサギのぬいぐるみを持って行くことにした。これ、モッコモコだから、もしも落ちたときにはいいクッションになってくれそうなんだよね。

窓を開け窓枠に足をかける。最後に、ちらと部屋を振り返った。

ごめんね、ティアナ。

優しくしてくれて、本当にありがとう。

施設を出てからこんなに優しくしてくれたの、ティアナが初めてだよ。

瞳《ひとみ》のこと、きれいって言ってくれて嬉《うれ》しかった。

ティアナのこと、ずっと忘れないから。

視線を前に戻すと、目をつぶって集中する。ふわりと体が浮遊する感覚。

うん。いける。

そう感じた瞬間、わたしは勢い良く窓から飛び降りた。

しかしふわふわと浮くはずが、いきなりガクンと体が落下したではないか。

「うわぁーっ⁉」

し、死んじゃう〜！

もうこの展開飽きたよぉ！

わたしの必死の抵抗もむなしく、体はぐんぐん落下していく。

「ふぎゃーっ！」

けれど一定の場所まで落ちると、いきなりふわりと体が浮いたような気がした。そのまま、ゆっくりとわたしの体は地面に落ちていく。

あれれ。

一体どうなってるの？

気がつくと浮遊感はなくなっていた。どうやら着地したらしい。けれどなんだか、地面にいるような気がしない。誰かの腕に抱かれているような、そんな感覚。

「……？」

おそるおそる、目を開ける。

「！」

わたしの感覚は正しかったらしい。

わたしは見知らぬ男の人の腕の中にすっぽりと収まっていた。

「え……」

わたしを覗《のぞ》き込む美しい顔に、思わず息を詰めてしまった。

肩につくかつかないかくらいの、夜の闇よりも深いサラサラとした漆黒の髪。髪と同色の目は、少しつり気味で、黒曜石のように鋭い光を湛《たた》えていた。

肌は雪のように白くて、まるで女性のように滑らかだ。顔のパーツが異常に整っていてお人形みたいに見えた。

真っ黒な服を着ているせいだろうか。その人を見たとき、なんだか世界の中で彼だけ、色がなくなってしまったみたいだと思った。

「どこへ行くつもりだ?」

パチパチと瞬《まばた》きをしていると、静かな声で男がそう尋ねた。

なんだか呆《あき》れているみたい。

「ええと……」

助けてくれてありがとうございます。

でも視線が怖いです……。

「わ、わたし、お外に、用事があって……」

しどろもどろになってそう答えると、男はため息を吐《つ》いた。

「……いつ、俺がそのようなことを許可した」

え、えぇ~?

許可も何も、わたしあなたと面識ないんですけどぉ。

「ティアナが許したのか？」

まさか。そんなわけない。

ぶんぶんぶん、と首を横に振った。

「ティアナは関係ないよ！」

「お前の世話係はティアナだろう？　責はすべてティアナが負うことになるぞ」

「ええっ⁉　ちがうちがう！」

「何が違うんだ？」

「わ、わたしが勝手に、その……」

言っていて、だんだん分が悪くなってきた。あのとか、そのとか言っているうちに、声が小さくなっていく。どうしていいか分からなくなって、ぎゅ、とウサギを抱きしめる。

しゅんとして何も言わなくなったわたしに、男はため息を吐いて言った。

「勝手に部屋を抜け出したわけか」

「……」

仕方なくコクンと頷《うなず》く。すると怖い顔をしていた男は、しょぼしょぼとしたわたしを見て初めて表情を緩ませた。

う～。

この人、何者？

居心地が悪くてもぞもぞしていると、そっと耳元に男の口が寄せられる。

「悪い子だな、プレセア」

「！」

笑みを含んだ甘い声に、びく、と体が震えた。

あれ……なんでこの人、わたしの名前を知ってるんだろう？

驚いて目をパチパチとさせている間に、男はわたしを抱えたまま歩き出した。

「え、あの……」

男が羽織っている長いコートのようなものが風にはためく。

庭を横切り、そのまま大きな大きな城の中へ入る姿は、ずいぶん堂々としていた。まるで自分がこの城の主《あるじ》だとでも言うみたいに。男の行動にも驚いたけれど、初めて自分の部屋以外の城の内部を見たので、その巨大さにびっくりしてしまった。

ここは多分、エントランスなのだろう。太い大理石の円柱に支えられた天井はどこまでも高く、ホール状になったその場所は何百人も入れそうなほど広々としていた。ホールの奥には赤い絨毯《じゅうたん》が敷かれた階段がどこまでも続き、壁際には立派な国旗や石像がずらりと並んでいた。

お城の中には大勢の人たちが行き交っている。この城の召使さんたちなのかもしれない。

けれどわたしと男を見た瞬間、みんなは道を空けて頭を深々と下げた。

なんでこんなことするんだろう。

この人、偉い人なの……？

「ああ、プレセアさま！　よかった！」

聞き覚えのある声。

見れば、廊下の向こうから心配そうな顔をしたティアナが駆けてきた。

わたしを抱いている男の顔を見て、パッと表情を明るくする。

「魔王陛下、お帰りなさいませ！」

「ああ、今帰った」

え。

「なぜ陛下がプレセアさまをお抱えに？」

ま、ま、
魔王陛下……ですと？

冷や汗が浮き出てくる。

「窓から落ちてきたところを助けた」

「ま、窓から⁉」

ティアナは絶句していた。

わたしも絶句している。

魔王陛下。

魔界を統《す》べる王。

人類の敵。

あああ、終わった……。

殺されちゃう……。

◆

「それで」

肘掛《ひじかけ》に頬杖《ほおづえ》をつき、ゆったりと足を組んで玉座に腰を下ろす魔王さま。

わたしはそんな彼を見上げて、冷や汗をだらだらと流していた。

ここは玉座の間。煌《きら》びやかな飾り付けのされたこの部屋には、アーチ状の柱によって区切られたように見える玉座と天蓋がある。アーチの両端には、金色の花綱《はなづな》を持つ羽の生えた美しい女性の石膏《せっこう》像があり、女性らは玉座を見て微笑《ほほえ》んでいた。薔薇《ばら》の花飾りや、花綱、オークの葉をモチーフにした緻密《ちみつ》な石膏装飾が部屋の至る所に施され、天井からは見たこともないほど大きなシャンデリアがいくつも吊《つ》るされている。こんなに荘厳に飾られた部屋は見たことがなくて、ここにいるだけで、なんだか圧迫感を覚えた。

――あれからわたしはこの男に抱っこされ、この部屋へ連れてこられたのだ。

部屋には控えの護衛騎士がズラッと並び立っていて、中央の赤いカーペットの上に立たされたわたしは腰が抜けそうになっていた。すぐ後ろにティアナが控えていなかったら、泣きじゃくって逃げ出していただろう。正直、今もおしっこちびりそう。

わたしが震えていたからだろうか。

ティアナがわたしのそばで、大丈夫ですよと囁《ささや》いた。その声を聞いてほんの少しだけ、勇気がわいてくる。ぎゅ、とスカートを握って魔王さまを見上げた。

「俺がお前を拾ったわけだが」

ひ、ひえ～。

やっぱり怖い。

なんでわたしなんかを拾ったのよぅ。

「お前は何者だ？」

魔王さまは興味深げにわたしを見た。でもほんとのことなんて言えるわけがない。

「わ、わたし、フツーの人間です……」

それっぽい言い訳を考える。

「普通の人間が、どうして魔界へ来られる？」

「お、おとーさんとおかーさんに、魔力が強いので捨てられました。『刻《とき》戻りの谷』という場所に、突き落とされたんです」

なんとかそれっぽい言い訳ができた。

まあ、なんてこと、とティアナが涙声になって口元を押さえる。

ごめんティアナ。

でもあながち嘘じゃないので、ゆるして……。

ふと、魔王さまの口元に笑みが浮かんでいることに気づいた。

「本当に？」

「ほ、ほんと……」

「そうか。嘘じゃないんだな？」

あ、あるぇ。

これ、もしかしてわたし元聖女だってバレてるんじゃないの？

「わ、わたしのこと、拷問する……？」

ティアナにしがみついて、震える。

「拷問？」

素《す》っ頓狂《とんきょう》な声を出したのは、ティアナだ。

「拷問だなんて冗談じゃないわ！　そんな言葉、どこで覚えたんでしょう⁉」

むぎゅうう、と抱きしめられる。

だって、人間界じゃそう教えられるんだもの。

魔族に捕まったら、ひどい拷問をされて殺されるって。

かわいそうにとティアナに頭を撫《な》でられ、わたしは鼻をすすった。

「……わたしを殺すの？」

ちらちらと魔王さまを見ながら探りを入れる。けれど魔王さまは苦笑しているだけだった。さっきからこの男が浮かべている表情は、なんなのだろう。

機嫌が悪いわけでもなさそうだし……。

なんだか、嬉《うれ》しそうに見えるのは気のせい？

「お前みたいなチビを拷問したり、殺したりしてなんになる？」

「……」

よかった。聖女だとは、バレていないみたい。

「むしろ俺は、お前に興味がある」

興味……？

「人間の子どもは珍しい。ぜひ保護して、その生態を観察したいものだ」

ひえええ。

いいですいいです、観察とかしなくていいですから！

「お前にとっても悪い話じゃないだろう」

「……？」

「面倒を見てやると言ってるんだ」

いや、ほんといいっす。

マジで。

マジで‼

わたしは思わず、後ずさりしてしまった。けれどそれと同時に、魔王さまも玉座から立ち上がる。

そしてわたしのもとへ歩いてくるではないか。

ひえ〜！　こっちこないで！

逃げようと一歩、二歩と下がれば、ティアナに抱き止められる。泣きそうになっていると大丈夫ですよ、とあやされた。後ろはティアナ、前は魔王さまで逃げることができない。

魔王さまはわたしの前で立ち止まると、目線を合わせるようにゆっくりと跪《ひざまず》いた。

怖くなって目をぎゅっとつぶる。


カチャン。


「……？」

首に覚える違和感。

うっすらと目を開ければ、魔王さまがわたしの首に何かを嵌《は》めているところだった。カチャカチャと金属が触れ合う音がする。

魔王さまの手が離れたので、目を開けて自分の首元を確認してみた。

「……ほへ？」

見れば、首に嵌められていたのは、わたしの瞳《ひとみ》と同じマゼンタ色の首輪だった。首輪には可愛《かわい》らしいハート形のガラス飾り――これもマゼンタ色だ――のようなものがついていて、触れるとチャリと音をたてた。

……なにこれ？

カシャカシャと引っ張っても、全然取れない。

「なん……？」

言葉を失っていると、魔王さまは言った。

「それを自分で外すことはできない」

「えっ？」

「今回のように、逃げて怪我《けが》でもされたら困る」

「は」

に、逃げる……？

「そうだな……次に逃亡しようとしたら、望み通り拷問にかけてやろう」

ひえ～！

こいつ、やっぱわたしが元聖女って気づいてるんじゃ……？

魔王さまは喉元《のどもと》でくつくつと笑った。

「ちょっと陛下!?　小さな子を脅すようなことはやめてくださいませ！」

ティアナが激怒した。

「大丈夫ですからね。これはプレセアさまが迷子にならないように、魔力を感知して居場所を魔王さまに知らせるためのものですから」

えーっ!?

どこが大丈夫なんだよ！

わたし終了のお知らせじゃないか!!

「これやだ、とって！」

いやいやと首輪を引っ張っても、こいつ、可愛い見た目のわりにびくともしないぞ。

「ダメだ」

「こんなのペットみたい！　嫌！」

「ペット？」

魔王さまはほんのわずかに、目を見開いた。

「ああ、愛玩《あいがん》動物のことか」

彼が何を考えていたのかはよく分からない。

けれど、それは名案だというように頷《うなず》いた。

「そうだな、それはいい。そうしよう。話がややこしくならなくて済む」

……？


「今日からお前は、俺の愛玩動物ということにする」


いきなり抱き上げられる。

「きゃっ……」

びっくりして、魔王さまの首にすがりついてしまった。

驚いて目を見開いていると、甘い声で囁かれた。

「お前の仕事は、俺に愛され、可愛がられることだ。幸福に、穏やかに、健やかに過ごせ。それ以外、お前には何一つとして必要ない」

——愛される……？

その響きに、心臓がどくんと脈をうった。

理解ができなくて固まってしまう。

「いいな？」

……。

よ、よくないよくない‼

ぜんっぜんよくない！

むしろやだよぉ～！

けれどそんなわたしの意思は汲み取られることもなく。

結局わたしは、魔王のペットとしてこの城で暮らすことになってしまったのだった。

第五章　あま〜い生活

「ああ、なんて愛らしいのでしょう。プレセアさまは何をお召しになってもお似合いですねぇ」

はっはっは、もっと褒めたまえ。

わたしを可愛がりたまえよー！

黒とピンクのミニドレスを纏《まと》い、スカートをふわふわ揺らしながら回転してみせると、そばにいたティアナがパチパチパチと感動したように拍手する。

部屋にはティアナ以外にもたくさんの女官たちがいて、みんな楽しそうに笑っていた。

ツノが生えてたり、しっぽが生えてたり、獣の耳が生えてたり。やっぱりみんな、どこか人間とは違う特徴を持っている。

けれどわたしに害をなそうとする人なんていなかったし、それどころか優しくお世話をしてくれる人ばかりだった。魔族たちは人間を毛嫌いし出会ったらすぐに攻撃してくるって、人間界では習ったけど……全然そんなことはない。

なんだか想像していた魔界とは全然違う。もしかして、今は本性を隠しているだけなのかな。

「プレセアさま、御髪《おぐし》も結いましょう」

「ツインテールがいいですよ！」

「靴もこちらの、リボンのついたもののほうが可愛いのではないかしら」

あれがいい、これがいいと、女官たちは喜んでわたしを飾り付けていく。わたしはされるがままになっていた。

……ま、子どものときって誰でも何着ても可愛いもんね。人間の子どもなんてペットと一緒で、弱いからいつでも殺せると思っているのかもしれない。

ああ、それにしてもお洒落するって楽しいなぁ。神殿にいたときは白の聖女服しか着られなかったから、こういうのってなんだか新鮮だ。

——魔王さまにペット認定されてから早数日。

人間の適応力とは恐ろしいもので、だんだん城での生活にも慣れてきてしまった。

いやぁ〜。

黙ってても食事は出てくるし、おやつタイムもあるし。

だーれもマゼンタの瞳にケチをつけないし。

朝寝坊も、お昼寝も好きなだけしてＯＫ。

おまけに可愛い服を着て、褒められて。

ペット生活も案外悪くないんじゃゃ……と考えたところでいつもハッとするのだ。ここはあくまで、魔王が管理する魔王城なのだと。

「プレセアさま、これを」

着替えが終わると最後にウサちゃんのぬいぐるみを持たされる。

ツインテールに黒とピンクのミニドレス。そしてウサちゃんを持った、プレセアちゃん。

部屋がまたきゃーきゃーと騒がしくなった。

「はぁ～、可愛すぎて胸が苦しい！」

「まるで天使よねぇ」

「いつまでだって見ていられるわ～」

全員破顔してため息を吐《つ》く。ティアナがにっこりと笑った。

「これなら魔王陛下もお喜びになりますよ！」

「……」

ううう、そうなんだよねぇ。

結局、ここは魔界の魔王城で、わたしは魔王さまの所有物ということになってるんだもんねぇ。

大切にされてるって言ったってそれはわたしがあの男のペットだからで、幼子っていう部分に興味を持たれただけだし。

だからもしも本当はわたしが十五歳で、元聖女だってバレたら……おお、寒気がする。考えたくもないや。

――下手《へた》したら殺されちゃうかもしれないってこと。

それだけが唯一にして最悪の、この生活のデメリットなのだった。

「本日は魔王陛下もお城に帰って来られるそうです。とても楽しみですね」

ティアナが微笑《ほほえ》んでそう言った。魔王さまは毎日忙しいらしい。首輪を嵌められた日から、まだ一度も会っていない。

ええい、帰ってこんでええわーい。

心の中でそう突っ込んで、わたしはげっそりとしてしまったのだった。


「ねえティアナ。この首輪、とって？」

おやつの時間。

テーブルにお菓子を準備するティアナのスカートにしがみついて、わたしはきゅるんきゅるんした目でそう言った。

「あらあら、いけませんよ。その首輪がなければプレセアさまに命の危険が迫ったとき、魔王さまが助けに行けませんから」

ティアナは困ったような顔でわたしを見る。首輪をとってくれる気はないらしい。

「とってとって、とってよぉ～」

きゅるんきゅるんした目はやめて、今度はぐずぐずとダダをこねる。

十五歳のプライドなどとうに消え失せたわ。

「うーん、首輪っていうのが嫌なのかしら？」

ティアナは首をかしげてわたしを抱っこした。そのまま椅子に座らせる。

「人間界だと首輪はペットにつけるものって認識なんですね。魔界だとよくあるアクセサリーなんですけど……」

「うぇぇぇえん」

くっそぉ。

ティアナ、なんだかんだ言ってもあなたはやっぱり魔王さまの味方なのね！

油断したわ～！

わたしの扱いにも慣れてきたのか、ティアナはわたしの嘘泣きを気にすることなくフォークをケーキに突き刺した。

「はい、プレセアさま、あーん」

「うう……いらな……あーん……」

ケーキうま。

苺《いちご》うまーーー！

……だめだ。

どんなに泣いてもピンチな状況でも、お腹は減るんだよねぇ。

ティアナが差し出すフォークを口に含み、出されたケーキを平らげる。

「はい、果物がたっぷり入ったジュースもありますよ」

めそめそしながらも、しっかりとジュースは受け取る。機嫌悪くジュースのストローを口に含んでいると、星が散ったように急に部屋が明るくなった。

「きゃっ、陛下！　いきなり部屋に転移してこないでくださいませ！」

びっくりしたように目を瞬《しばた》かせた後、ティアナはスカートをつまんでお辞儀をする。

「直接お会いするのは久しぶりですね、陛下。お元気そうで何よりでございます」

見れば、窓のそばにわたしの大嫌いな男が立っていた。

「すまない、慌ててしまった」

魔王さまは全然反省していなそうにそう言うと、黒いコートを翻してこちらへやってきた。

彼は転移魔法というものが使えるらしく、願った場所へ一瞬で移動できるらしい。わたしはそんな魔法使えないからちょっぴり……いや、かなり羨《うらや》ましかった。練習すればわたしでもできるようになるのかなぁ。

「プレセアの様子は？」

「はい。今日は体調も良いようです。先ほどまで洋服の試着をしておりました」

ティアナがにっこりと嬉《うれ》しそうに笑う。

「そうか」

魔王さまはふくれっ面をしているわたしのもとへやってくる。わたしは絡みたくなかったので、ぷいっとそっぽを向いた。そうしたらいきなりひょいと抱え上げられてしまう。

「うわっ」

そのまま魔王さまは椅子に座り、膝《ひざ》の上にわたしを降ろした。

「主人に逆らうとは、生意気なペットだな」

ほっぺをつままれる。

や、やめてよ〜！

「ほ、ほりょひへ《おろして》！」

「いやだ」

即答されたもんだから、魔王さまの手を引き剥《は》がしたあとつい言い返してしまった。

「魔王さまの幼女趣味！　ロリコン！」

一瞬、言いすぎたかとも思ったけれど、魔王さまは何も反応しなかった。意外に失礼な態度をとっても怒らないみたいだ。お腹に回された手をぽかぽかと叩《たた》いても、離してくれる気配はない。それどころかぱんぱんに頬を膨らませたわたしを、面白がっているみたい。

本当に小動物でも観察するかのように、わたしを見ている……。

全然降ろしてくれないので、仕方なくじゅるる、とジュースを飲む。

うう、落ち着かないよ〜。

降ろしてよぅ。

むくれていると、不意に意地悪な声で囁《ささや》かれた。

「ふうん？　随分と難しい言葉を知っているな。まるで大人みたいだ」

「ブフゥーッッ！」

思わずジュースを噴いてしまう。

「おい、行儀が悪いぞ」

気管にジュースが入ってげほげほとむせる。

死ぬかと思った。心臓が口から飛び出しそうなくらい、ドキドキしている。

「わ、わたし、かしこい五歳児なので……」

やっとのことでそう言うと、給仕をしていたティアナが慌ててタオルを持ってやってくる。

せっかく可愛い服をもらったのに汚しちゃったよ……。

「だ、大丈夫ですか？」

「げほっ、大丈夫じゃない……」

わたしの汚れた服を拭《ぬぐ》って、ティアナは怒ったように言った。

「陛下、お食事の最中にちょっかいを出されては困りますよ」

「そうか」

魔王さま、笑ってる。やっぱり全然反省してなかった。

◆

わたしの精神は若干、五歳児の体に引きずられているような気がする。言動もなんだか以前より幼くなってしまった。今もあれだけ魔王さまが嫌で怒っていたのに、疲れてしまったのか膝の上でウトウトし始めていた。

「あら、眠いですか？　お昼寝しましょうか」

幸いなことに着替えは先ほどすませて、寝やすい格好になっている。

こくんと頷《うなず》いてくしくしと目をこすっていると、魔王さまがわたしを抱っこして立ち上がった。

「ティアナ、お前は少し休憩するといい。俺がプレセアを見ていよう」

「まあ」

えっ。

いいよ、わたし一人で眠れるよ。

お昼寝タイムになってようやく解放されるかと思いきや、ベッドに運ばれて魔王さまに寝かしつけまでされることになった。

ベッドに寝かされると、頭を撫《な》でられる。魔王さまはベッドに腰をかけてわたしを見下ろしていた。黒い瞳《ひとみ》にじいっと見つめられ、居心地が悪い。

うーむ。なんでわたしは魔王さまに寝かしつけられているのか……。

眠いながらも、顔に不満が出ていたのであろう。

魔王さまは口元に笑みを浮かべてわたしに尋ねた。

「何がそんなに不満なんだ」

「……首輪、とってよ」

「ダメだと言ってるだろう。それはお前を守るためのものでもある」

魔王さまは首を横に振った。

「魔界にいるならおとなしくそれをつけていろ。それにその首輪の効果は……」

魔王さまは何かを言いかけて、口をつぐんだ。

続きを促しても話す気配はない。

ぶー。

何よもう。

「じゃあ、人間界に帰るもん」

そう言ってみると魔王さまは眉《まゆ》をひそめた。

「父と母に追い出されたんだろう？　人間界では、魔力持ちは迫害されているんだったか」

「……うん」

「子どもで、おまけに魔力持ちのお前がうまくやれるとは思えないな。帰ったところでどうにもならないだろう」

……まあ、確かにそうなんだよね。

ここへ来る前も、正直何の計画も立ててなかったし。

ただ遠いところへ行こうってことだけを考えてた。魔力持ちだから、雇ってくれるところもないだろうに。だけどわたし、一度でいいから養護院に帰りたい。

先生やみんなに会いたい。

「……どうせ、あなたもわたしにひどいことするんでしょ？」

ちら、と魔王さまを見上げる。

「しない」

魔王さまは首を横に振った。

「そんなことをするはずがない。俺に愛されていろと、可愛《かわい》がられていろと言ったはずだ」

「……」

「ここで俺に愛玩《あいがん》されるのも悪くはないだろう」

くしゃ、と頭を撫でられる。優しく髪を梳《す》かれ、なんだかまぶたが重くなってきた。

さすが五歳児の体。

親指で頬を撫でられ、くすぐったくなってもぞ、とシーツに頬を押し付けた。もう、なんで好きじゃない人にこんな、寝かしつけなんてされなきゃいけないのよ……。

「ん……」

「もう寝ろ」

魔王さまは少し笑った。

意外に撫でるの上手《うま》いな……と思いつつ、わたしは眠りに落ちたのだった。

第六章　懐かない子ども

朝の穏やかな日差しを浴びつつ、執務机に積まれた書類に目を通す男がいた。

一通り確認を終えると、精緻《せいち》な細工の施されたガラスのインク瓶にペン先を浸し、署名を行う。その上からさらに複雑な紋様の入った公印を捺《お》し、そばにいた秘書官にその書類を渡した。秘書官は眉を下げてそれを受け取る。

「……恐れながら、オズワルド陛下。少し休憩されてはいかがです？　早朝からずっとこの調子ではありませんか」

「……」

秘書官の言葉を聞きつつも、男――魔界の王、魔王オズワルドは次の書類へ伸ばす手を止めなかった。

ここは魔王城にある、魔王の執務室。

オズワルドと秘書官は、早朝からずっとこの部屋に篭《こ》もって働いている。

「……特に問題はない」

オズワルドの背後に立つ、茶色い髪の柔和そうな顔をした秘書官は、その返答を聞いてさらにしょんぼりと眉を下げる。

彼は魔王を補佐する秘書官の一人で、名をエリクという。優しそうな雰囲気が気に入って、オズワルドは彼を秘書官に任命した。

オズワルドは静かな環境が好きだと言って、普段目に見える場所には一人か二人しか側仕《そばづか》えを置かない。仕事中も部屋に人をできるだけ入れないようにしている。

何か用事があれば自分で済ませてしまうし、伝えなければいけないことがあれば魔道通話機を使うので、部屋はいつも静かだ。

魔界を統べる王らしくないといえばそうかもしれないが、できることは自分でやるのが今代の魔王、オズワルドの方針なのだった。

「あの……陛下」

エリクは困った顔でこちらを見る。

それでようやく少しだけ、オズワルドは笑った。

「疲れたんだろう。そんなところに立っていないで、座ればいいといつも言っているのに」

「それでは何かあった時にすぐに陛下をお守りできません！　……じゃなくって。休憩が必要なのは私ではなく、陛下の方です」

エリクは普段から優しいが、最近はやや心配性になっている。しかしその理由もオズワルドはよく知っているので、何も言わなかった。

「陛下。このままではお体に負担がかかってしまいます。以前のペースに戻せば良いではありませ

「……仕事をしようがしまいが、代償の支払いまでの期限は変わらないから安心しろ」

「……」

「その時が来るまでに、必要な仕事はできるだけ終わらせておきたい」

そうは言ったものの、オズワルドは机に積まれた書類の量を見て小さくため息を漏らしてしまった。

人間の住む人間界と違ってここ魔界では、魔王が直接国を統治するのではなく、最も適した人材に政治と経済の諸々を任せるという制度を採用している。もちろん、だからと言って魔王は何もせず、ただボーッとしているわけではない。

とある理由から、魔王は法によって定められた公務を必ず遂行しなければならなかった。

公務の内容は大まかに分けて二つ。一つ目は、魔王の承認が必要な書類を確認し、最終決裁として署名と公印を捺すこと。政治と経済は最も適した人材に任せているが、最終的な決裁は魔王が行わなければならない。署名と公印を捺すだけと言っても、それに付随した資料を確認したり、時には自分の目で直接事実を確認するため、一つの決裁に六時間以上かかる場合もある。それが年に千件以上あるとくれば、なかなか時間と神経を食われてしまう。

二つ目は、魔界の各地で行われる行事に参加し、大陸の魔族たちに顔を見せること。

この広い世界では毎日各地で何かしら行事が執り行われているので、多くの招待状がオズワルドのもとへ届く。各大臣や、州の代表者からの願い出を受け（もちろん取捨選択をするわけだが）、オズワルドは毎日この大陸の様々な場所に赴くのだ。

公務は手を広げようと思えばいくらでも広げられる。だから本来この王都の城にいる時間は、一年の半分もなかったりするのだ。

けれど今、オズワルドはできるだけ城から離れないようにしていた。

「そう気を落とすな。失ったものよりも手に入れたものの価値の方がよほど高い」

オズワルドは書類に目を通しながら呟《つぶや》いた。

「……私は、今は仕事をするよりも、姫さまと触れ合う時間を持たれた方が良いかと思いますよ。代償のことがあるならなおさら。陛下は全然、姫さまにお会いになっていないではありませんか」

エリクは悲しそうな声でそう言った。その声色があまりに悲痛なものだから、オズワルドは苦笑してしまった。

「……まあ、お前がそこまで言うのなら、余計な用事をできるだけ入れないようにしてくれ。特に面倒な謁見や接待は避けたい」

「はい」

「それからエリク、プレセアの呼び方についてだが、まだ姫と……」

魔王が何か言いかけたとき。

部屋がノックされ、ちょうどプレセアとその世話係であるティアナの来訪が告げられた。

「陛下、この用事はもちろん、大切な用事ですよね……？」

「余計な用事に見えるのか？」

エリクは子犬みたいに喜んで扉を開けた。

「おはようございます、陛下」

「ああ、おはよう」

ティアナはニコニコと微笑《ほほえ》みながら、プレセアを抱っこしてそう言った。しかしプレセアはといえば、膨れっ面でティアナにしがみついている。

ティアナが屈んで降りるように促すと、ようやく地面に小さな足を下ろす。けれど頬はぱんぱんに膨らんだまま、オズワルドの方を見ようともしない。

——随分嫌われてしまったものだ。

魔王はプレセアを見て少し笑った。

「今朝はどうした？」

「陛下が今日からしばらく城にいらっしゃるということで、朝のご挨拶《あいさつ》に参りました」

「ああ、なるほど」

「さあ、プレセアさま。ご挨拶しましょうか」

「……」

ピンクとブラウンの可愛らしいワンピースを着た、人形みたいに愛くるしい少女。けれど少女は笑顔を見せてはくれなかった。不機嫌そうにぷいとそっぽを向く。

「眠いのでしょうか？」

見かねたエリクが心配そうに尋ねた。ティアナは苦笑して首を横に振る。

「いいえ。昨日から少しお腹の調子が悪くて。朝ごはんの時に楽しみにしていたミックスジュースが飲めなくて、拗《す》ねてるんです」

「拗ねてないもん！」

「あら、そうなの？」

ティアナはクスクス笑った。この小さな子どもが愛《いと》しくて仕方ないらしい。エリクもたまらず、フニャフニャとした笑みを浮かべた。なんて可愛らしいと呟く。

「プレセア」

オズワルドは少女の名を呼んだ。

つーん。

反応はない。

「こちらへ来い」

ぷい。

ぷいっ。

プレセアはぷいぷいして、魔王を見ようとはしなかった。魔王は苦笑すると、机の引き出しから小さな包みを取り出した。リボンを外して中身が十分魅力的なものであることを確認する。

「ほら、おいで」

立ち上がるとオズワルドは机のそばで跪《ひざまず》いた。それから小さく手招きしてみる。

先日は距離感を測りかねて、急に抱っこして嫌がられてしまったので、今回は慎重にやってみようと思ったのだ。

「！」

プレセアは広げられた包みの中身を確認して、キラキラした瞳《ひとみ》を見開いた。オズワルドの持っていた包みには、コロンとした丸い形のスノーボールクッキーが入っていたのだ。

朝、厨房《ちゆうぼう》へ行ってわざわざもらってきたクッキー。オズワルドは意外に甘いものが好きだった。仕事中に食べると集中力が増すような気がするから。

このようなもので釣れるのかとも一瞬考えたが、揺らしてみせるとプレセアの視線は釘付《くぎづ》けになっていた。もともとは自分のために用意していたものだったが、どうやらプレセアもこのクッキーに興味があるらしい。

ティアナからの報告で知ったのだが、プレセアはとにかく甘いものに目がないようだった。

プレセアは、白くて丸いクッキーとオズワルドとを見比べた。

今、頭の中でクッキーとオズワルドとが天秤《てんびん》にかけられているのだろう。

「プレセアさま。陛下がお菓子をくださるそうですよ」

「……」

もじもじとティアナにひっつきながらもこちらを見る。クッキーの誘惑にグラグラと理性を揺さぶられているらしい。

手を伸ばすがそれだけでは届かない。オズワルドは意地悪をしたくなって、自分はそのまま動かずにいた。

――さあ、こっちへ来い。

そう思っているとプレセアは少しずつ距離を詰めてきた。どうするのかと思って見ていれば、うーんうーんと手を伸ばし、最終的にはカニ歩きになって、こちらへやってくるではないか。

部屋にいる全員が噴き出しそうになるのを堪《こら》えていた。本人は真剣なのだから笑って拗ねられたら困る。そろりそろりとこちらまで距離を縮めて近づいてくるのを、オズワルドは黙って見守っていた。

ようやく至近距離まで来たところで、プレセアはオズワルドの手にあったクッキーを一つ摘《つま》むと、ぴゅっと戻ってしまった。

相当こちらを警戒しているようだ。

けれどティアナにひっついて、しっかりとクッキーは食べている。

「ふふ。美味《おい》しいですか？」

「……うん」

どうやらオズワルドに物をもらうことは気に食わなかったようだが、クッキーの味は気に入ったらしい。オズワルドは包みをリボンでキュ、と結ぶとそれを揺らした。

「ほら」

「……」

プレセアは恐る恐る近づいてきて、それを受け取る。今度は逃げなかった。ぽん、と頭に手をのせると、ビクッと体が震えた。頭を撫《な》でてやると少し目を見開く。

「痩《や》せているな。腹を壊さない程度には、しっかり食べろ」

「……」

困ったような顔でこちらを見る少女。口元についた食べかすを指で拭《ぬぐ》ってやると、驚いたのか、タタッとティアナのもとへ帰ってしまった。

「プレセアさま。お礼を言いましょうね」

「……ありがと」

渋々といった様子でそう呟くプレセアが愛らしい。

「これからは毎朝俺がそちらへ行こう」

思わずそう言えば。

「えっ」

プレセアは目をまん丸にした。来なくていい、と顔に書いてある。

「体調が悪いときもあるだろう？　わざわざ部屋の外へ出なくていい」

「い、いいよ。わたし一人でいたいもん」

意地悪く微笑む。

「そういうわけにはいかないな」

「……ティアナァ」

プレセアは助けて、とティアナにしがみつく。

「よかったですねぇ」

しかしティアナはと言えば、のほほんと笑顔になっていた。プレセアが「よくない！」と首を横に振っているのが面白かった。

一連の行動を見て破顔していたエリクが、思わずというように呟く。

「姫さまは本当にお可愛《かわい》らしいですね」

言った後に、エリク本人も「あ」という顔をしていた。先ほど、オズワルドはそれを注意しようとしていたのだ。

——まだ姫と呼ぶな、と。

「姫さま？　姫さまってなぁに？」

プレセアはきょとんとした顔になった。

「失礼。あまりにもプレセアさまがお可愛らしいので、まるでお姫さまみたいだと思って……」

エリクはしどろもどろになってそう説明した。

「……」

プレセアは少し考えた後、てでっと移動すると、ちょいちょいとエリクの上着をひっぱった。

包みの中からクッキーを一つ取り出して、エリクの手に押し付ける。

どうやらエリクのことは気に入ったようだ。

「一個あげる」

「ええっ？　いいんですか」

「うん、いいよ」

ニコッとプレセアが笑った。その笑顔はまるで大輪の花が咲いたかのように眩《まぶ》しくて、エリクは感動したようだった。オズワルドは全然面白くなかったが。

「おい」

「はっ、はい！」

「元は俺のものだが？」

「ええと」

エリクは冷や汗ダラダラになっていた。

オズワルドはプレセアを見る。プレセアはピャッと走っていってティアナにしがみついた。

「俺にはくれないのか」

「……魔王さまはダメ」

プレセアはフルフルと首を振った。

ティアナは苦笑している。

その様子はまるで、拾った捨て猫が警戒してなかなか心を開かずにいるかのようだった。

オズワルドはちらと机に目を向けた。書類はまだまだ残っている。それでもこの小さな子猫を、かまい倒したくて仕方がない。

「ねえ、もうお部屋帰る」

「あら、もういいの？」

けれども子猫は、一刻も早くここから出て行きたいようだった。

どうやら心を開くのにはもう少し時間がかかりそうだと、オズワルドは苦笑してしまった。

第七章　魔王城を冒険します！

このお城にいる魔族たちはなんでわたしに優しいのかなぁ……。

わたしがわがまま言っても叩《たた》かないし、大声で怒鳴ったりもしない。魔王さまはお菓子くれるし、その側に仕えているエリクっていう男の人も、わたしのこと、姫さまって呼んで可愛がってくれたし。……もしかして、わたしを油断させて太らせてから、とって食おうって魂胆なのかも。なんにしてもまだまだ魔族たちのことは信用しちゃダメだ。


城での生活もだいぶ慣れてきた頃。

相変わらず魔王さまとの距離は測りかねていたけれど、わたしの毎日は神殿にいた頃よりもずっとずっと良くなっていた。

体の痛みもなく、忙しいわけでもなく。

毎日のんびりとお菓子を食べたり、お昼寝したり、お菓子を食べたりしている。

魔族たちがわたしに優しい理由はよく分からないけど、今のところ食べ物に毒なんかは入っていないし、すぐにどうこうしようってわけじゃなさそうだった。油断は禁物だけど、もう少しだけ子どものふりをして可愛がられるのも悪くないかな……なんて。

「ねえティアナ、お外いこ」

「あらあら、お外遊びは陛下の許可が下りたらにしましょうね」

とはいえ、そろそろ部屋にずっと引き篭《こ》もっているのも退屈になってきた。

せっかくだしお城の中を見学して回りたいな……。ペット生活に甘んじてそんなことを思うようになっていたのだった。

でもティアナは全然許してくれない。まだ元気になっていないから部屋で遊びましょうって言われる。あと魔王さまの許可がないからダメだって。

外に出るくらい別にいいじゃん？　とわたしはいつも駄々をこねている。

「ねえ、ユキ、バニリィ。わたし、外に出てもいいでしょ？　そう思うよね？」

魔王のペットには今、三人の側仕《そばづか》えがついている。

ティアナのほかに、ユキとバニリィという侍女が加わったのだ。

ティアナが主になってわたしの世話をし、足りないときはユキとバニリィが手伝ってくれるという形だ。もちろんその他の女官たちもよくこの部屋に入って来る。人間の子どものお世話がしたいらしい。

「……ダメですよ、プレセアさま。もう少し元気になってからにしましょう」

涼やかな声でそう言ったのは、ユキだ。

彼女は真っ白な髪と薄氷のように煌《きら》めく水色の瞳を持つ、エルフ族の少女だった。額に瞳と同じ色の石のようなものをひっつけていて、なんだか神秘的な感じ。物静かだけどとてもしっかりしている人だ。

「そうですよぅ。何かあったら怖いです。大変です」

心配そうな顔でそう言うのは、バニリィ。

彼女は頭から長い耳が生えた、兎獣人族《ロップイヤー》の女の子だ。

ピンク色の垂れ耳と蜂蜜《はちみつ》色の垂れ目が特徴的で、ちょっと気が弱い。

わたしがずっとウサギのぬいぐるみを抱いていたから馴染《なじ》みやすいのではないか、と選ばれたらしい。すごい理由だ。

「なんで？　わたし、もう元気だよ」

ぶんぶん手を振ってみせる。

けれど三人は揃《そろ》って首を横に振った。

もう少し体がよくなったらにしましょうね、と言われてしまう。

なんでよ！

もう元気じゃん！　元気いっぱいじゃん～！

魔王城へ来てから、わたしは何度か医者の診察を受けている。

病気というわけではないけれど、栄養失調を起こしていて、まだあまりいい状態ではないらしい。

これでもちょっとはよくなったんだけどな……と思ってしまうわたしは、やっぱり神殿に思考を毒されているのだろうか。

ぷくうと頬が膨れていたからだろう。

ティアナが苦笑して言った。

「プレセアさま、そろそろお茶にしましょうか？　今日は職人が腕をふるった、美味しいアップルパイがあるんです」

お菓子で釣ろうったってそうはいかないんだから！

「あら、バニラアイスクリームを添えてお出ししようと思ったのだけれど、お気に召さないのかしら？」

いや食べるけどさ！

ティアナはすっかりわたしの扱い方を心得ていたのだった。


魔王城に馴染み始めていたわたしだったけれど、まだ脱出を諦めたわけじゃない。

魔王城の人たちには感謝している。

わたしを助けてくれて、こんなにいい暮らしをさせてくれて。

体がここまで回復したのはどう考えても彼らのおかげだ。でもだからこそ、あまりここに長居するのは良くないと思うんだ。

嘘ついて居座っちゃってるわけだし。

……とはいえ、こんな幼女の姿では何もできない。

すぐ眠っちゃうし、思考もまとまんないし。

言動もなんだか幼くなってしまう（元からバカなわけじゃないぞ～！）。

だからまずは、この姿を元に戻す方法を探ろうと思う。

わたしの計画的には、

①元の姿に戻る方法と人間界へ戻る方法を見つける
②魔王城からの脱出経路の確保
③魔王城を脱出
④人間界に戻る

という順序で考えている。
①と②は同時進行でも大丈夫だ。
とにかく知ることから始めなきゃいけない。

ってことはやっぱり、部屋に引き篭もっているのは良くないんだよね。

外に出なきゃ、なんの情報も集められないし。

アップルパイを食べ終わったわたしは、ちらっと部屋の中にいる三人の側仕えたちを見た。

こうなったら、ちょっと強引だけどわがまま作戦でいくしかないね。

「ねえティアナ、わたしのど渇いたな～」

そばで給仕をしていたティアナにそう声をかける。

「はい、それでは紅茶をもう一杯お淹《い》れしますね」

ティアナは微笑《ほほえ》んで紅茶を淹れ直そうとした。

わたしは慌ててそれを止める。

「ううん、紅茶じゃなくてあったかいミルクが飲みたい！」

「あら、ホットミルクですか」

困りましたね、とティアナは眉《まゆ》を寄せる。

ここにはないんだから、そりゃ困るだろう。

飲みたい飲みたいと駄々をこねれば、ティアナは苦笑した。

「それじゃあ、厨房《ちゆうぼう》に行って頼んできますね」

「うん！　ありがとう！」

ニコォと笑ってティアナが部屋から出て行くのを見届ける。

さあ、今度はユキの番だ。

「ねえユキ〜、わたしのクマちゃん知らない？」

「クマちゃん、ですか？」

「ベッドの下とかにいっちゃったのかなぁ〜？」

「……捜してみましょうか？」

「うん、ありがと！」

しめしめ。

うまくいったぞ。

ユキは素直にベッドの下をごそごそ捜し始める。

最後、バニリィの番。こっそりと彼女のウサミミに囁く。

「バニリィ、さっきねぇ、女官長がバニリィのこと捜してたよ」

「えっ⁉　女官長が⁉」

ちょっと強引かなぁとも思ったけれど、普段からやらかしているのか、バニリィは文字通り飛び上がって驚いた。

「わたし、また何かやっちゃいましたか⁉」

「バニリィどこにいるのーって、言ってた」

「わわわ……どうしよう、絹のパンツを破いたことかしら……それともお皿を割っちゃったことかも」

途端にバニリィはあたふたとして落ち着きがなくなった。

適当に言ってみたけど心当たりがあるらしい。

「す、すみません姫さま、わたしちょっと……」

「うん。早く行った方がいいんじゃないかなぁ？」

ぴゃーっとバニリィは部屋から出て行ってしまった。

わっはっは！

どうだ！　この完璧《かんぺき》な作戦は！

見た目は五歳！　頭脳は十五歳！

これがわたしの脱出作戦なのよ‼

ベッドの下をゴソゴソと漁《あさ》るユキの、お尻《しり》が揺れているのが見えた。

それを横目にわたしはそろりと椅子から降り、ウサギのぬいぐるみ（緩衝材用）をひっつかんで窓から外に飛び出す。

「よっと！」

ふっふっふ。

最近、みんなの目を盗んでこっそり飛行魔法の練習してたんだよね。

そのおかげでだいぶコントロールが利くようになってきた。

長時間飛ぶことは無理だけど、数分くらいなら楽勝だ。

今度は華麗に庭に着地する。

ということで。情報収集がてら、お城を探検してみようと思います。

おー！

◆

人気《ひとけ》のない場所を選んでトタトタとお城の中を走り回る。

人が来たらささっと隠れ、どうしても人が多いところを通らなければいけないときは天井近くまで飛んで移動した。

みんな、意外に天井には気を配っていないみたい。まあ、めちゃくちゃ高いしね。

空を飛ぶ魔法って実はあまり使わないのだろうか。わたし、これ、好きなんだけどな。というかこれ以外の魔法は危なっかしくて、あまり得意じゃない。

「すごい……」

お城の中を一人見て回る。

魔王さまと一緒に廊下を歩いたときにも思ったけれど、やっぱり広い。城の尖塔《せんとう》なんて、首が痛くなるくらいに見上げなくちゃ全体が見られない。

わたしはお城の大きさに感心しつつ、いろんな部屋を覗《のぞ》いてみた。

音楽の間に、晩餐《ばんさん》室、舞踏室、謁見室、玉座の間。

数え切れないくらい部屋があって、全部見て回るのにどれくらいかかるだろうと冷や汗をかいてしまった。

それにこのお城、なんか変だ。なんていうんだろう……見た目と中の大きさが合っていないというか。明らかに外からの見た目よりも内部の方が広く感じた。正直今も迷子な感じ。

「あれ、なんだかいい匂いがする……」

しばらく城の中を見て回ったところで、ふと料理のいい香りが漂ってきた。

こ、これはたまらない。

わたしは犬のごとく鼻をくんくんさせて、匂いの元をたどってみた。

「うわぁ、すごーい‼」

たくさんの調理器具が並んだ厨房で、白い服にコック帽をかぶった料理人たちがせわしなく働いている。わたしはドアの隙間からそーっと、覗いてみた。

魔界式の調理道具はすごく面白い。何かスイッチのようなものを押すと、火がボウッと出る。

あれ、どういう仕組みなんだろう？

「おいおい、なんだ？　どこから入ってきたんだ」

料理に見惚れていると後ろから野太い声が聞こえてきた。ぎくっとして振り返れば、コック帽をかぶったクマみたいに体格のいいおじさんがわたしをまじまじと見ていた。

し、しまった。

夢中になっていて背後に気づかなかった……。

な、なんか言わなきゃ……と思ってとっさに口を開く。

「えと……お腹へっちゃった」

とんでもない言い訳が出てきてしまった。

なんだよお腹へっちゃったたって。

さっき食べたばっかじゃんかよぉ。

「腹がへっただ？」

クマおじさんは目を丸くしてわたしを見つめる。

何かを考えるように顎《あご》をさすった後、にっこりと笑った。

「それなら嬢ちゃん、なんか食ってくか？」

「！　いいの？」

ぱあっと笑顔になるわたしに、クマおじさんは頷《うなず》いた。

「ちょうど、感想を聞きたいもんがあったんだ」

「？」

「ほら、入りな」

クマおじさんに促され、わたしは厨房に入れてもらうことになった。

もちろん料理人さんたちがせわしなくしているところじゃなくって、端っこにあるテーブルと椅子に座らされる。

ちょっと待ってろよ、と言われ、わたしは足をぶらぶらさせながら頬杖《ほおづえ》をついて厨房を眺めた。

火を生み出す魔道具に、水が出てくる不思議なツマミ。

人間界にはないものばかりで、見ているだけでワクワクした。

わたしもあれ、使えるのかな……。

「ほい、お待たせ」

「！」

イタズラしたくなってきてワクワクしていると、クマおじさんが戻ってきた。

マグカップを一つ、わたしの前にデンと置く。

「うわぁあ！　なにこれ！」

マグカップの中に入れられていたのは、ただの飲み物じゃなかった。

「ネコちゃんがいる！」

おそらく中身はココアなのだろう。とっても甘い匂いがする。

けれどすごいのはそこじゃなくて、ココアの上にネコの形をしたもこもこクリームがのっていたことだ。

本物のネコみたいで可愛い！

「これ、おじさんが作ったの？」

キラキラした目でそう聞くと、クマおじさんは照れたように鼻をすすった。

「おうよ。最近、都で流行《はや》ってるからな。一度魔王城でも出してみたかったんだ」

へえ〜。

こんなのが流行ってるんだ。

魔界っておもしろいなぁ！

「遠慮せず飲みな。まずかったら意味がないからな」

「うん！」

飲むのがもったいない。

でもわたしは飲むぞー。

五歳児には少し大きいマグカップを両手で包んで持ち上げる。

それからネコちゃんのクリームとキスをするように、こくこくとココアを飲んだ。

う~ん。味もちゃんと美味《おい》しい。

最高だよ！　と笑ってみせると、クマおじさんはわたしの口周りにくっついていたらしい泡を拭《ぬぐ》って嬉《うれ》しそうな顔をした。

「クリームを混ぜて飲んだ方が美味しいぞ。まあ、味が悪くないならよかった。それなら一度、魔王さまにもお出ししてみるか」

ココアを噴きそうになってしまった。

このネコちゃんココアを魔王さまに出すのか……。

あの怖い感じの魔王さまに……。

このプリチーなネコちゃんココアを……。

「よし嬢ちゃん、さっき美味しいクッキーも焼いたからちょっと待ってな」

「ありがとー！」

クマおじさんはくしゃりとわたしの頭を撫《な》でて、また厨房の方に戻っていった。彼の姿が見えなくなった後、わたしはそーっと椅子から飛び降りる。そして近くにあった大きな木の箱の陰に隠れた。そうしたら案の定、おじさんがティアナを連れてやってくる。

「ほれ、そこでココアを飲んで……っておろ？」

クマおじさんは目を丸くした。

「い、いないじゃないですかぁ！」

ティアナの声が厨房《ちゅうぼう》に響く。

おじさんは頭を叩《たた》いて笑った。

「こりゃあ、一本取られたなぁ」

思わず笑いが漏れる。

ふふ、これでも中身は大人なもんでね。

クマおじさん、さっきからソワソワしてたからバレバレだよ。

まだまだ探検しなくちゃいけないもの。

笑うおじさんにべー、と舌を出しておいた。


頃合いを見計らって厨房を脱出したわたしは、さらにフラフラと城の中を探検していた。

するとやけに立派な、開け放たれた扉を発見する。

そろーりと覗いてみると中は巨大なホール状の空間で、何列も背の高い本棚が並んでいた。

本がいっぱいある！

ここ、図書室みたいだ。

もしかしたら、ここにならわたしが幼女化した謎を解明できる本があるかもしれない。

わたしはこそこそと中に入ってみた。けれどこそこそなんてしなくても中は静かで、誰もわたしに見向きもしなかった。そのことに少しホッとしてしまう。

カウンターにはメガネをかけた藍色《あいいろ》の髪の女性が座っていた。

耳が長いのできっとエルフ族なのだろう。

ここの司書さんなのかな。

彼女に聞けば、何か分かるかもしれない。

「お姉さん」

「……はい」

本を読んでいたのだろうか。

俯《うつむ》いていた司書さんが顔を上げる。

涼しげな目がこちらを見て、少し驚いたように開かれた。

「あのね、本を探してるんだけど」

「……どのような本でしょうか？　探すのをお手伝いいたしましょう」

「ありがとー！」

うーん、どう説明したらいいのかな。

「なんかね、魔法を探してるんだけど」

「はい。魔法にも様々なカテゴリーがあります。どのカテゴリーに当てはまる魔法なのかは分かりますか？」

「カテゴリー？」

「生活に役立つ『生活魔法』、相手を攻撃するための『攻撃魔法』、身を守ることに特化した『防御魔法』、美しくなるための『美容魔法』など……分からなければ、火や水などの要素でも検索することができます」

む、難しそう……。

どうしたものかと悩んだ末、わたしは正直に打ち明けることにした。

「あのね、体が若返るような魔法ってある？」

ぴく、と司書さんの眉《まゆ》が一瞬だけわずかに動いた。

「肉体変化……人体に影響のある魔法ですね」

「そうそう！　そういうの、どうやって調べたらいいの？」

「少々お待ちくださいませ」

お姉さんは手元にあったうすいガラス板のようなものに手をかざした。するとそこに次々と文字が浮かんできたではないか！

文字はガラス板の下から上にさらさらと流れていく。

うわ、なにこれすごい！

どうなってんの⁉

「検索終了しました」

文字が流れていく様を見ながら、お姉さんは静かな声で言う。

「かなり大雑把な絞り込みでしたので、資料は膨大な数に上ります。おそらく余計なものも引っかかっているのかと」

へえ～、そんなにいろんな本があるんだね。

「おそらくですが……あなたさまがお求めの資料は、時空間魔法系になるのではないかと推測されます」

「時空間魔法？」

「はい。しかし時空間魔法についての資料のほとんどが、限られた上位の魔導師と魔王陛下しか閲覧することができない禁書となっております」

「わたしは見ちゃだめってこと？」

司書さんはこくりと頷いた。

「そうなりますね。禁書の閲覧には魔王陛下の許可が必要となります。許可証はお持ちですか？」

ふるふると首を横に振る。

そんなの持ってないです。

言ったらくれるのかなぁ。

司書さんは少し困ったような顔をした。

「それ以外となりますと……そうですね、僭越《せんえつ》ながら私が選定しても？」

「うん！　ありがとう、お願いします！」

司書さんはガラス板をいじると、いくつかの本をピックアップし、小さなメモに必要な情報を書いて渡してくれた。

「魔法からエイジングケアの類《たぐい》まで様々なものがありましたが、おそらく近しい情報はそれらに掲載されているのではないかと」

「へえ〜」

「ただし、核心をつくような情報はないかもしれません」

その時はまた、いらしてください。

司書さんはそう言って初めて微笑んでくれた。

わあ、綺麗《きれい》な人だなぁ。

ユキといい、この司書さんといい、エルフ族って美人が多いのかも。

羨《うらや》ましい。

そんなことを思っていると廊下の方が騒がしくなってきた。

ああ、まずい。

また見つかっちゃいそう。

「司書さん、ありがとう！」

わたしはぺこっとお辞儀をすると、入ってきた入り口とは反対の方へ駆け出した。

向こう側に外へ繋《つな》がる扉を見つけたのだ。

せっかく本を探してもらったけれど、借りるのはまた今度にしよう。

「プレセアさま」

突然、司書さんに名を呼ばれた。

「はい？」

「室内では走らないでください」

「はーい！」

「あとお静かに」

「はーい（小声）」

そう返事をして、わたしは外へ飛び出した。

……あれ？　なんであの司書さん、わたしの名前知ってたんだろ……。

ま、いっか。


外に出ると、そこには美しい庭園が広がっていた。

色とりどりの花が咲き乱れる、よく手入れされた庭だ。

「うわ、きれい！」

花はお日様の下で花びらをめいっぱい広げ、甘い香りを立ち上らせている。

花に見惚《みと》れつつも、追っ手に見つからないように壁際にしゃがみこんだ。少し疲れてしまったので、庭園を見ながら休憩することにした。

「それにしてもやっぱ魔法って、色んな種類があるんだなぁ」

魔法は、イメージだ。

想像することでその不思議な技が使えるようになる……とわたしは勝手に思っていた。けれど本当のところはどうなのか、わたしは全く知らない。

人間界では魔法が発達していないから、学問として学ぶことができなかったのだ。こうして魔法のことを聞いてみると興味が湧いてきた。

わたしにだって魔力があるのだ。

もっといろんなことを試してみたい。

「でも飛ぶ以外のことって、うまくできるかなぁ」

自分の手を見て首をかしげる。

炎や水を生み出したりすることはできるかもしれないけど、多分コントロールがきかない。飛行魔法だって、練習してこれなんだもん。なんというか、一か十でしか出力が調整できない感じ。

特に炎だと周りのものに引火したら大変だから、あまり練習したことはない。事実、養護院で暮らしていた頃、遊びのつもりで炎を発生させて火事になりかけたことがあった。あれ以来、怖くて炎系の魔法は使ったことがない。

ふと目の前を見れば、花が咲き乱れる庭園がある。

「……そうだ」

ここは広いし試してみてもいいかもしれない。

「よーし、お花に水でもやりますか」

水の魔法なら危なくはないだろう。

もし失敗しても、今は人がいないから大丈夫なはず。

「お水出てこーい」

目をつぶって空に手をかざす。

すると宙の一点が歪《ゆが》むように、ぎゅるぎゅると回転しながら小さな水の玉が出てきた。

おお、いい感じいい感じ。

もう少しだけ大きくして弾けさせてみよう。

「よいしょ……」

玉はぐんぐん大きくなっていく。

こんくらいでいいかなと思ったところで、体から力を抜く。

しかし予想外なことが起こった。

「あ、あれ？」

いつまでぎゅるぎゅるやってるの……？

水の勢い、全然止められないんだけど。

水の玉は次第に渦を巻き始め、風をびゅうびゅうと起こし始めた。

回転が激しくなり、花びらがバラバラと水の渦に吸い込まれていく。いつの間にかわたしの生み出した水の玉は玉でなくなり、竜巻のように空高くまで水柱をあげていた。

「な、なにこれ⁉」

花や葉やスコップやバケツが、水柱の中に吸い込まれていく。

「も、もういいって！　花に水やるどころか全部巻き込まれてぐしゃぐしゃになってるよ！」

それでも水の勢いは止まらない。

「ストップ、ストップだってばー！」

――魔法はイメージだ。

自分で生み出した言葉を思い出して、ハッとする。

わたしはぱんっと手を合わせると、水柱を握りつぶすように手に力を込めた。

もういいから消えて！

そう願った瞬間、ドゴーン！　と音を立てて水柱が爆発する。

「ひえっ」

空で水の竜巻が弾けた。

ザアアと雨のごとく水が降ってくる。

青い空の下、水が太陽の光に反射してキラキラと輝いた。

薄《うっす》らと庭園に綺麗な虹《にじ》がかかっているではないか。

うわ、きれい……なんて思っていたけれど、庭園を見てわたしは絶句してしまった。

そこはまるで嵐が過ぎ去った後のように、ぐちゃぐちゃになっていたからだ。

「あ、れ……」

冷や汗がだらだらと流れる。

「あーっ⁉　プレセアさま⁉」

ティアナの悲鳴のような声が聞こえてきた。

「大丈夫ですか⁉　お怪我《けが》はございませんか‼」

なんだなんだと人がいっぱい集まってくる。

みんなぽかんと庭とわたしを見ていた。

気まずくなって、もじもじと指を組む。

「っくしゅん！」

盛大なくしゃみが出た。

いやほんと、すみません……。

◆

「それで」

執務室に呼び出されたわたしは、立派な机の上で手を組んでいる魔王さまを見上げていた。不機嫌そうな魔王さまが怖くて、ティアナのスカートにしがみつく。

ひえ～、怖いよ～。

「怪我はなかったのか」

呆《あき》れたような目を向けられる。

……。

怒って、ないみたい。

「びしゃびしゃになっただけ……」

先ほどティアナに着替えさせてもらって、髪も乾かしてもらった。どうやらわたしは可愛い服をすぐにダメにしてしまう才能があるようだ。それでも文句ひとつ言わず、心配そうに着替えさせてくれたティアナには感謝しかない。

「プレセアさまはお体が弱っていますから、風邪《かぜ》を引かないか心配ですね」

言葉通りティアナは気遣わしげにわたしを見た。

まあ、すぐに着替えたし大丈夫だろう。

平気平気。

「そうだな、もうしばらくは部屋で大人しくしてもらおう」

魔王さまはそう言って頷《うなず》く。

「ええっ？」

思わず声を上げると、魔王さまは鋭い視線をわたしに向けた。

「なんだ、その不満そうな目は？」

「だ、だって、暇なんだもん……」

「それでまた、部屋を抜け出したわけか」

「……」

「お前たちも管理がぬるすぎるぞ」

ティアナと、さらに背後に控えていたユキ、バニリィがびくと肩を揺らした。魔王さまの後ろに控えていたエリクまで、なぜかびくんとしている。

申し訳ございません……とバニリィが蚊の鳴くような声で呟《つぶや》く。

「三人とも関係ないよ！　わたしが三人を騙《だま》して勝手に出て行っただけ！」

今頃になって申し訳なく思えてきて、焦って弁明すれば、当たり前だバカと言われてしまった。

「部屋から勝手に抜け出した上に、俺の庭を更地にするとは」

「う」

「一体、なぜあんなことをした。庭が気に食わなかったのか？」

「そ、そんなわけないよ……あの、お花に水をやろうとして……」

しどろもどろになって、言い訳を並べる。

そもそもみんな、わたしが魔法を使えるということを知らなかったのだろう。

小さな声で説明するわたしに、ティアナは目をまん丸にしていた。

「魔力があるのは知っていましたが……もう魔法をお使いになられるのですね。すごいです」

なんだかやけに感心されている。

逆に魔王さまは不機嫌そうだった。

「水をやろうとして、庭を更地にしたわけか」

「だからそういうつもりじゃ……」

嘘じゃないいんだよぉ。

お水をやろうとしたことは。

「水の魔法、使おうと思ったけど……なんか、うまく制御できなくて……」

サークレットから解放されてからというもの、魔力制御がだいぶ不安定になってしまった。

うまくコントロールできない……。

「……いつもそうだったのか？」

魔王さまに問われ、首を横に振る。

「ううん、前は……」

思わず言葉が詰まった。

サークレットのことを思い出す。

そんなこと、ここで言うわけにはいかない。

「ま、前は魔法なんて使わなかったしわかんない」

魔王さまはわたしをじいっと見つめていた。

わたしの考えが見透かされているみたいで怖い。

けれどそれ以上の深掘りはされなかった。

「その体に対して、お前の魔力は大きすぎるんだろう」

「えっ？」

一瞬、ぎくっとしてしまった。

魔力は成長するにつれて増えていくものだ。

だから十五歳のときにあった魔力が五歳の体に引き継がれているのだとしたら、それはかなり不自然に見えるだろうと思ったから。

「操る術《すべ》を持っていないのならしばらくは使うな。あれは怪我人が出てもおかしくない状況だった」

「……ごめんなさい」

しょぼしょぼになってしまう。本当に怪我人が出なくてよかった。

魔王さまはため息を吐《つ》いて、目をつぶった。

「怪我もなかったのならまあいいだろう。許す」

「ほ、ほんと？」

「ああ。あとで庭師にも謝っておけ」

うわ〜、よかった。

「うんうん！　謝る謝る！」

本当に申し訳ないことをした。

もちろんティアナたちにも。

あとでちゃんと謝ろう。

こくこくと頷いていると、「ただし」と魔王さまが目を開く。

「それはそれとして、罰は受けてもらおうか」

「……エッ？」

……罰？

罰ってなに？

嫌な予感がしてティアナにしがみつく。

ついに拷問のときが来てしまったのかもしれない……。

第八章　ついに拷問のときが……！

「う……痛いことしないで……」

「さあ、どうだろうな」

その晩。

寝巻きに着替えたわたしは、ウサちゃんを抱いて魔王さまの寝室にいた。今日やってしまったことの罰を受けるために。

眠る前に寝室に来い、と言われてしまったのだ。

魔王さまの寝室は意外にシンプルだった。黒を基調とした高級そうな家具で調えられた部屋には、余計なものがあまりない。ベッドの横の小棚には読みかけの本と水差しがある。大きくてふかふかのベッドに腰をかけて、魔王さまはリラックスした格好でわたしを待っていた。

「こちらへ来い」

「……」

恐る恐る魔王さまの前に立つ。

ティアナはさっき帰っちゃったから、わたしと魔王さまの二人だけだ。

何かあっても、もうティアナはかばってくれない。

怖くてぎゅうう、と目をつぶっていたらいきなり抱っこされた。

「⁉」

そのままベッドに運ばれ、寝かされる。

そしてかけられる毛布。

「なに……？」

思わず目を開けば、魔王さまもベッドに入ってくるところだった。

びっくりして体が動かない。

そっと抱き寄せられる。

思わず魔王さまの方を見ると、彼もこちらを見ていた。

「抱き枕」

「へ？」

「今日は俺の抱き枕になってもらおうか」

そう言って魔王さまは笑った。

「〜ッ！」

思わず叫びそうになってしまう。

体は五歳だからセーフかもしれないけど、中身は十五歳なのだから当然だろう。

この人本当にロリコンなんじゃ……とゾッとしたけれど、それ以上は何もされなかった。

それでも怖いものは怖い。

やだよ、一人で寝たいよ〜。

「お前はあたたかくていいな」

これが「罰」らしいのでろくな文句も言えずにいると、ほっぺたを撫《な》でられた。気づかずに膨らんでいたのか、ぷす、と空気が抜ける。

ふと魔王さまが手袋を外していることに気づいた。長くて綺麗《きれい》な指だ。

「……魔王さまの手は、少し冷たいね」

そう言うと魔王さまは、嫌か？　と首をかしげた。

「……別に」

仕方ない。

ふにふにさせてあげようじゃないか。

おとなしくされるがままになる。

ほっぺたを撫でられているうちに、なんだか眠くなってきた。

わたしって神経が太いなぁ。

「何か、不便はないか」

魔王さまが優しい声音でそう尋ねた。

「……お外出たい」

うとうとしながらそう言えば、魔王さまは笑った。

「体がよくなってからだ。そうしたら、城の外にだっていくらでも連れて行ってやる」

「ほんと？」

「ああ。どこへでも。お前の行きたいところへ」

……変だな。魔王さまの隣にいると安心する。それになんか、いい匂いする……。

「辛いことはないか」

「うん……」

前はさ、体が痛くて痛くて、なかなか寝付けなかったんだよ。

毎日神殿で頭《こうべ》を垂れて、祝詞《のりと》を唱えて、神様に祈って。

結界を張って、魔物を浄化して、怪我《けが》人の治療をして。

すごく大変で、何一つ楽しいと思えることなんてなかった。

毎日毎日、聖女としての役割をこなすのに必死だったよ。

……なんてことは、言えるわけがない。

「ここ……けっこう、たのしい、よ……」

けれど代わりに、ぽろりとそんな言葉がこぼれ落ちた。

「……そうか」

魔王さまの声がずっと優しい。

……この人は最初から、わたしに危害をくわえたりしなかった。

人間界で習ったことはなんだったんだろう。神殿では、魔王はこの世界に仇《あだ》なすものであり、人間界の神と敵対する冷酷無比な穢れた存在だと教えられてきたのに。
なのにどうして、この人はこんな顔でわたしを見るんだろう。
こんな、優しい顔で。
落ち着かない。
そんな視線、わたしは知らない。分からない……。
ふと、罪悪感に襲われた。
わたし、いいのかな。
嘘ついて、この人のそばにいて。
自分のことを黙っているのがなんだか息苦しいと思った。
こんなの落ち着かなくて、眠れないじゃんか。
そう思っていたけれど、疲れていたのだろう。
ほっぺや背中を撫でられているうちに、だんだんうとうとしてきた。
子どもにするようにとんとん、と一定のリズムで背中を叩《たた》かれると、もう限界。
わたしはそのままころっと眠ってしまったのだった。

◆

——真夜中。

オズワルドは眠らずにプレセアの寝顔を眺めていた。何かから身を守るように丸くなって眠る少女。その小さな手が、ぎゅ、とシーツをつかんだ。

花びらみたいに柔らかそうな唇から、うめき声が溢《あふ》れる。

眉《まゆ》が寄せられ、ぽろぽろとまぶたから涙が落ちた。

「う……や、いやぁ……」

何かから逃げるように身をよじる。

「いたいの、……もう、や……」

オズワルドはプレセアを抱き起こすと、自らの胸に抱いた。プレセアは眠っているにもかかわらず、もがいてオズワルドを拒絶する。

それでもオズワルドはその幼子を突き放したりはしなかった。

抱きしめて背中を撫でてやるうちに、少しずつ苦しそうな声は小さくなっていく。

「ごめ、なさい……ひどいことしないで……いたいよ、こわいよ……」

ごめんなさい。

ごめんなさい。

辛そうに言葉を零《こぼ》すプレセアを、オズワルドは強く抱きしめた。

「……大丈夫だ。ここにはもう、お前にひどいことをするやつなんていない」

「……」

「痛いことも、苦しいことも、辛いこともない。全部終わったんだ」

プレセアの目の端できらりと涙が光った。

「待たせてすまなかった」

ぽんぽんと背中を叩く。

そのうちにプレセアの寝息は穏やかなものになっていった。

「ん、むぅ……」

くたりとオズワルドにもたれかかって、すうすうと寝息をたてはじめる。

完全に眠ったのを確認してから、オズワルドは静かに少女を横たえた。

頬に残った涙の跡を拭《ぬぐ》ってやる。

——これがティアナの言っていた『夜泣き』か……。

オズワルドはプレセアの頬を指で撫でながら、ティアナの報告を思い出していた。


『プレセアさまは、まとまった睡眠をとることができないようなのです』

ティアナがオズワルドにそう報告したのは、プレセアがこの城へ来てすぐのことだった。

『悪夢にうなされているのか、夜中に何度も目覚めては泣いていらっしゃいます。あやせばそのまま眠られるのですが、発作のように何度も何度も起きられて……』

そう言うティアナの顔は辛そうだった。

一体どうすれば、あんな小さな子どもがあのような状態になるのか。

ティアナの目が聞いていた。

——プレセアさまは何者なのですか、と。

けれどオズワルドは答えなかった。

今は答えるときではないと思ったし、ティアナならプレセアの正体を知らずとも心からプレセアに尽くすだろうと判断したからだ。

『昼間など、ずっとうつらうつらしていらっしゃいます。長い時間起きていることも困難なようです』

プレセアの体はやせ細って棒切れのようだった。栄養失調を起こしていたのだ。

それに子どもとはいえ、かなり体温が高い。常に三十八度超の熱がある。本人はそれに気づいていないらしく、元気に振る舞ってはいる。

だがすぐに眠くなってしまうのも、おそらくそれのせいなのだろう。

当初より平熱は下がったものの、まだ正常とはいえない値だった。

『私は、どうすれば……』

戸惑うティアナに、オズワルドは言った。

——この娘に安寧と幸福を。自らの子だと思って接してやれ。

ティアナは目を見開いた。

何か、喉元《のどもと》まで言葉が出かかっているようだった。聞きたいことがあるというように、唇がわずかに動く。けれどそれを呑《の》み込んで、ティアナはしっかりと頷《うなず》いた。

プレセアに必要なものは休息と庇護《ひご》者による愛情だと、ティアナが一番理解しているのだろう。オズワルドも彼女以上の適任者はいないと判断し、プレセアのことを一任するとティアナに告げたのだった。


ティアナとの回想から、意識を目の前の幼子に戻す。

オズワルドは眠るプレセアを愛しそうに撫でた。

それから寝間着の胸元をくつろげ、左胸を指でなぞる。その瞬間、プレセアの顔に苦しそうな表情がよぎった。何かを堪《こら》えるように、ぎり、と歯を食いしばる。

「まだ無理か……」

指を離すと、プレセアはまたもとのようにくうくうと眠る。

「プレセア――」

きらりと光る眦《まなじり》に、オズワルドはそっと口づけを落とした。

「必ず助けてやるから」

寝室の闇にひっそりと、悲しみを含んだ呟《つぶや》きが落ちた。

第九章　聖女《ニセモノ》がいなくなった王宮で

「ヒマリさまの体調はいかがでございましょう」

「ダメだ、まだ神殿に戻すわけにはいかない」

——人間界。オルラシオン聖王国、王宮のある一角。

王太子であるエルダーは苛立《いらだ》ったように、白い神官服を纏《まと》った男と対峙《たいじ》していた。

神官は困ったように眉を下げている。

「しかし殿下、聖女さまが祈りを捧《ささ》げられなくなってから、もうひと月が経ちます……」

「……ヒマリの場合は一度の祈りで十分な効果が期待できる。プレセアと違い、毎日祈りを捧げる必要はないと考えている」

「そのような問題では……」

「私が言いたいのはあくまで『結界維持』に対する姿勢だ。……聖女として、民草を、国を守護する者の象徴としてのヒマリの姿勢に、貴方《あなた》が疑問を抱いているのは重々承知している」

プレセアの処刑からひと月が経っていた。

あれ以来、異世界から来た聖女ヒマリ・ハルシマは体調を崩してしまい、部屋からなかなか出てこなくなってしまった。

けれどエルダーはそれも仕方のないことだと思っていた。

ヒマリは家族も友人も何もかもを置いて、この世界にやってきてくれたのだ。そして慣れない『祈り』という行為のせいで体調を崩してしまったのだろう。

だからエルダーはそんな少女を気遣わずにはいられなかった。いくらこの国に『聖女の祈り』が必要だとしても、まだ十五歳の、事情もつかみきれていない少女に祈りを課すほど鬼畜ではないと思っている。

「ヒマリのような事例は今までになかった。ヒマリは大切に大切に扱うべきだろうと判断している」

異世界の聖女は伝説上の人物だ。異世界人を妻にした王など歴史上類を見ない。

だからエルダーはヒマリを失わぬよう、細心の注意を払うべきだと考えている。体調面や精神面に関しても、ケアを欠かさないようにしているつもりだ。けれど王宮側がそれで満足していても、神殿側は随分と不満を募らせているようだった。

それはそうだろう。いくらヒマリの心身を大切にしなければならないとはいえ、もうひと月もヒマリは祈りを捧げていないのだから。そしてそれを王太子は黙認している。

ヒマリ・ハルシマはいわば、すべての存在を超越した神のような存在だった。

聖力は非常に強く、その祈りで多くの人々を救った。それは国民の信仰を集めるのに十分な出来事だった。彼女は文句のつけようがない聖女だ。

けれど最近は祈りも捧げず、部屋で一日中ぼうっとしたり、城下町へ下りたりとだんだんその素行に疑問が持たれるようになってきた。

「ヒマリには休息が必要だ」

エルダーは強く思う。

プレセアとは違うのだ、と。

あの女は聖女であることを笠《かさ》に着て辛いだのしんどいだのと宣《のたま》い、聖女の役割をろくに果たさなかった。

「しかし、そろそろ祈りを捧げなければ……」

それでもなお言い募る神官に、エルダーは苛立ったように言った。

「聞いていなかったのか？　結界を張ることはとても疲れることなのだ」

「……」

「特に慣れていないヒマリにとっては、負担になっている」

部屋に沈黙が下りる。

ぽつりと神官が言った。

「それはプレセアさまにも言えることなのでは……？」

エルダーはその続きを聞かなかった。

「その話はやめろ。貴様はヒマリを侮辱する気か？」

「……」

なぜ今頃になってプレセアの話をするのか。

エルダーは苛立って仕方なかった。

けれどエルダー自身も本当は分かっているのだ。

多くの者が疑問を抱いていることに。

プレセアの処刑は本当に正しかったのか、と。


エルダーとプレセアが初めて顔を合わせたのは、エルダーの母親であったエレナ妃が亡くなってすぐのことだった。神殿にお告げがくだり、わずか五歳の少女が選ばれてからすでに二年の月日が経過していた。

聖女は結婚するまでは神殿で暮らさなければいけないという決まりがある。そこで聖女に関することや王宮でのしきたりを学び、時が来たら晴れて国王陛下の妻となり、国母となるのだ。

そのとき、母が亡くなったばかりでエルダーの心は沈みきっていた。

それでも聖女の役割を受け継いだプレセアに会いにいき、これから二人で国を支えていくのだと、ある意味戦友のように、盟約を交わさなければいけなかったのだ。

エルダーは気が進まなかった。

王族にとって結婚とは、国をより豊かに導くための契約のようなものだ。

そこに恋だの愛だのという感情はない。

けれど国のために多くの時間を共に過ごすうちに、家族としての愛を、国を守る守護者としての信頼を、夫婦間で育んでいく。

だからエルダーは結婚自体は仕方がないことだと思って、受け入れていた。国を守るための儀式なのだから、それを受け入れることは王の座を継ぐものとして当然のことだ。

けれどどうしても不満だったのが、自らの結婚相手の身分のことだった。

歴代の聖女の多くは貴族の娘の中から選ばれていた。エルダーの母もそうで、エレナ妃は建国当初から続く由緒正しい立派な大貴族の娘でもあった。庶民の娘が聖女として選ばれたこともあるにはあるが、それもたった一度だけだ。

プレセアのように後ろ盾も何もない娘が選ばれることなど、なかった。

庶民の娘が本当に聖女になれるのか。

母上のように、偉大な聖女になれるというのか。

最初から疑っていたのだ。

プレセアにそんな大役が務まるのかと。

「初めまして、エルダーさま」

そして初めてプレセアと出会ったとき、エルダーは確信した。

この娘は聖女ではない、と。

なぜならプレセアは常人離れした容姿をしていたからだ。

細やかな光を纏う金色の髪。宝石を散らしたように輝くその髪は、明らかに普通の人間が持って生まれるようなものではない。

けれどもっと変わっていたのは、その濃いマゼンタ色の瞳《ひとみ》だろう。

血を薄めたような、禍々《まがまが》しい色。

髪を「宝石を散らしたよう」と例えるのなら、瞳は「宝石そのもの」だった。

キラキラとまばゆい光を放つその瞳は、けれども不気味なほどになんの感情も映してはいなかった。本物の宝石のように、冷たかった。

——プレセアはどこからどう見ても、この国で穢れた存在とされる「魔力持ち」だった。

それでも王太子として、決して聖女ではないなどと口には出さなかった。

五歳からの二年間、神殿で修行したという彼女のためにも。

けれど会話をしていくうちにエルダーは、やはりプレセアとは気が合わないと思った。

「何か、辛いことがあるのかい」

あまりに無表情で不機嫌そうにも見えるプレセアに、エルダーは穏やかに聞いた。

するとプレセアはわずかに動揺を見せた。言うべきか、迷っているようだった。

「言ってごらんよ。大丈夫だから」

「……あの。サークレットが痛い、の」

ようやく口を開いた少女は、エルダーにそう言った。

「どうして？　どうしてこんなものを、つけなくちゃいけないのですか？」

——こんなもの。

聖女として活躍した母の形見であるサークレットを。

国の宝であるサークレットを。

少女はこんなもの、と呼んだ。

サークレットを見るたび、清らかだった母の祈る姿を思い出す。

国のため父王のためと、神殿で祈り続け、民の信頼も厚かった母。

きっと神はそんな彼女を気に入って、天へ連れて行ってしまったのだろう。

形見のサークレットと、聖女の務めをプレセアに託して。

母を失くしたばかりで沈み込んでいたエルダーは、プレセアの無神経な言葉を聞いて眼の前が真っ赤になるような怒りを覚えた。国を守り通した母を、聖女の任を、侮辱されたように感じたのだ。

だからエルダーは気づかなかった。

プレセアの瞳に涙がにじんでいたことに。

エルダーにわずかな希望を見出していたことに。

「ッその言いようはなんだ！」

気づいたらエルダーは叫んでいた。

「母上の形見なのだぞ！」

七歳の少女はびく、と肩を震わせ目をまん丸に見開く。

「ご、ごめんなさい……」

聖女の任がどれほど大切なものなのか、この少女はちっとも分かっていないのだとエルダーは感じた。プレセアの年頃には、エルダーはもうすでにこの国を背負って立つ覚悟を決めていたのだ。

プレセアにそこまで求めるつもりはないが、聖女を馬鹿にするような発言だけは許しがたかった。

そしてこれをきっかけに、エルダーはプレセアのことを嫌うようになっていったのだった。

それでも聖女と王の結婚は絶対だ。

だからその後も、エルダーは仕方なしにプレセアに関わるしかなかった。

エルダーは賢王と言われる国王のもとで、様々なことを学んだ。

歴史や地理。博物史や美術史も学んだし、国文学や数学、理科学にも精を出した。法制経済や軍事講話などは、特に力を入れて学んだ。

人との付き合い方や、王としてのあり方。国を守るために多くのことを必死で学んでいたというのに、その間プレセアは何一つとして学んでいなかった。

政治の話はいい。

何か芸術について話せればと思ったが、それさえもできない。

いつまでたっても、マナーですら理解できていないようだった。

それどころか会うたびに体が痛い、だるいなどと甘えたことを言っていた。

サークレットを外してくれ、とも。

彼女には年齢や教育に見合った知能が足りないように思えた。一応、一通り学問やマナーを教えてはいるらしいが、ちっとも覚えられないという。

そしてそれだけでなく、聖力も足りなかったのだ。

結界を張っても、母のときとは違い魔物が湧き続ける。

特に一年に一度起こる魔物の氾濫期《スタンピード》には、歴代最悪と言われるほどの被害が出た。

その分プレセアが神殿を出て、地方に浄化の旅をしなければならなかったのは当然の結果とも言えた。それなのに帰って来たらぐったりとして、疲れたなどと宣《のたま》うのだ。

自業自得ではないか。

国民に申し訳ないと思わないのか。

「殿下」

冷たい声だった。

目に光はなく、少女特有の活発さもない。

いつしか人形のように無気力になってしまったプレセアは、掠《かす》れた声でエルダーに言う。

「たすけて」

プレセアはやせ細っていた。

きっと好き嫌いでもしているのだろう。

王宮の料理は栄養も満点で、十分な量があるはずなのに。

食べ物を残すことを失礼だとは思わないのか。

一方でそんなプレセアの姿を美しく幻想的だという輩《やから》もいた。

神殿で祈る姿がどれほど美しいか、と。

それは大神官を含む、神殿の一部の者たちだった。

彼らがプレセアのことを気に入っていたから、どんなに批判があってもプレセアは聖女であり続けることができたのだ。

気にくわない。

神官たちも、プレセアも。

なぜこのような女が聖女なのだ。

なぜこのような身分の低い女が、自分の妻なのだ。

エルダーは不満を募らせ続けた。


「なぜプレセアを処刑した」

刻《とき》戻りの刑が執行された後。

エルダーは父王のもとに呼ばれた。

今上陛下は病に臥せっており、もうこの先長くはないだろうと宣告されている。

ベッドから起き上がることもできず、政務はほとんどエルダーが行っている状態だった。

「……プレセアはヒマリに害をなそうとしました」

王は静かに息子を問いただした。

「その聖女に、今後何かあればどうする？」

「……」

「聖女がもとの世界へ帰らない保証も、他の者に害されて死なない保証もどこにもないであろう」

だったら、と静かな声で王は紡ぐ。

「なぜ代替品のことを考えなかった」

エルダーだって考えなかったわけじゃない。

迷いもしたのだ。

ヒマリに何かあったときの、代替品にしようと。

ヒマリを正妃に据え、プレセアは側妃として娶《めと》るつもりでいた。

けれどプレセアは魔力持ちだった。

どうしても我慢できなかったのだ。

「あの女は何をしでかすか分かりません、陛下」

実際にヒマリに害をなした。

ほんのわずかでも、ヒマリを失う可能性は潰《つぶ》したい。

プレセアは魔法で何をするか分からないのだから。

「私は何を言われようと自分の判断を信じます」

エルダーはそう言い切った。

王は、何も言わなかった。

なぜ今頃になってあの女のことを思い出すのだろう。

神官と向かい合いながら、エルダーはため息を吐《つ》いた。

そこへノックの音が響く。

「殿下……」

「ヒマリ！」

ふらふらと部屋に入ってきたのは、愛らしい少女だった。

ツヤツヤの黒髪に、ぱっちりとした瞳。

庇護《ひご》欲をそそるその愛らしい顔立ちは、見る者を一瞬で虜《とりこ》にしてしまう。

「ごめんなさい、少し体調が悪くて……」

もともとほっそりしていたが、さらにやせ細ってしまったようだ。

「いいんだ、そんなことは」

エルダーはヒマリを抱いた。

異世界から来た少女。

庶民でも貴族でもない。

神に近しい存在。

自分はそんな少女を妻にするのだ。

自分のものにするのだ。

歴代のどんな王だって、できなかったこと。

「日本に残してきたみんなのことを考えたら、寂しくなっちゃって……」

ホームシックにもなるだろう。
それでもヒマリは聖女になることを選んでくれた。
だから大切にしなくてはいけない。
「ヒマリはただ、幸せでいてくれたらいいんだよ」
何かを得るためには、何かを切り捨てる覚悟が必要だ。
ヒマリの安全か。
代替品の確保か。
そのどちらも手に入れられたら良かったのに。
ヒマリを抱きながらエルダーはわずかな後悔を感じていた。

第十章　魔王さまに餌付けされます

「ん……？」

朝、目が覚めると何かあったかいものにしがみついていた。

いつもはウサちゃんを抱っこしているのに。

もぞもぞと顔を上げると、じーっとこちらを見る綺麗《きれい》な顔の男。

「……おはよう」

甘い声でそう言われて、体がびくっと震えた。

……ああそうだ。

わたし、昨日この人と一緒に眠ったんだった。魔王さまはくしゃくしゃになっているであろう、わたしの髪を梳《す》く。じーっと見つめられ、なんだかこそばゆい気がした。

なんでそんなにわたしの顔を見るの……？

まさか、一晩中起きてたとかじゃないよね。

「おふぁよう……」

目をくしくしとこすって起き上がる。

……なんだろう。

久しぶりにゆっくり眠ったような気がする。

「まだ眠っていろ」

魔王さまはそう言ったけれど、なんだか今朝はすっきりとした気分だった。パチパチと瞬《まばた》きすると、眠気はすっかりどこかへ行ってしまう。

「もう眠くないよ」

「寝ろ」

「やだ」

ウサギのぬいぐるみを魔王さまに押し付けて、ベッドからよいしょと降りる。いつもよりベッドが高かったらしく、どしん！　とお尻《しり》から落ちてしまった。

「いてっ」

痛いなぁ、もう。

魔王さまはとっくに起きて、着替えをすませていたらしい。

ため息を吐くと、悲鳴をあげたわたしを回収した。

「落ち着きがないな、お前は」

抱っこされ、魔王さまの膝《ひざ》に乗せられる。

むう、とほっぺを膨らませていると、部屋のドアがノックされた。

「おはようございます、陛下。朝の身仕度のお時間でございます」

「ああ、入れ」

ぞろぞろと入ってきたのは、魔王さまのお世話をするメイドさんたち。

その中にはティアナやユキやバニリィもいて、なぜかニコニコ顔でわたしを見ていた。

「あっ、姫さまもいるわ！」

みんな、わたしを見るとパッと顔を明るくした。エリクの真似をして、みんなわたしを姫さまと

呼ぶ。可愛《かわい》い服を着てまるで小さなお姫さまみたいよね、とみんな姫さま呼びを自然に受け入れていた。

魔王さまがわたしをティアナに引き渡す。

「プレセアさま、本日の体調はいかがでしょうか」

なのに魔王さまったら、まだ寝てろとか、また部屋に閉じ込める気なんだよ。

「元気いっぱい！」

ティアナはわたしの額に手を当てて頷《うなず》いた。

「お着替えをしたら、本日は陛下と朝食をご一緒しましょうか」

くしゃくしゃになったわたしの髪を整えて、ティアナが微笑《ほほえ》んだ。

えっ、また魔王さまと一緒なの……。

お部屋戻りたい……と言いかけたところで、魔王さまに言葉を遮られてしまった。

「今日は庭に……東の庭に朝食を用意してくれ」

西の庭はプレセアが破壊したからな、と魔王さまは言った。

冷や汗をタラタラ流すわたしのそばに来て、魔王さまは「そうだろう？」と意地悪そうに笑った。

「う……」

す、すみません……。

拒否権があるはずもなく、魔王さまと一緒に朝食をとることになった。

一人で食べたいな～って思ってたけど、朝日を浴びて美しく輝く花々に囲まれたテーブル、そしてそこに並ぶ豪華な朝ごはんを見て、テンションがブチ上がってしまった。

わたし用のごはんはいつもお腹に優しいものが多い。

パン粥《がゆ》とか、野菜のスープとか。

デザートやおやつもお腹が痛くならないように、最近はちょっとずつしか食べさせてもらえない。

もちろん美味《おい》しいよ、味に不満なんかない。

でもさ、なんか物足りないのだ。量的に。

けれど今日は、テーブルにずらりと美味しそうなものが並んでいた。

冷たいエビのサラダにローストビーフでしょ、生ハムにチーズ、ふわふわのオムレツ、パリパリに焼いたウインナー、焼きたてのパン、それにキラキラ光るジャム。

花園のそばに用意されたテーブルには、作り立ての朝ごはんがたくさんあった。

朝からお肉が並んでいることに感動。

わたし、お肉が食べたい。

お肉欲しい。

「お肉食べる！」

椅子に座るとさっそくお肉の皿に手をつけようとした。

が。

「これは俺のだ」

魔王さまにそう言われ、お前のはこっちだろう、といつも通りお腹に優しいメニューを示される。

がーん。

そ、そんな……。

「プレセアさまはこちらを召し上がりましょうね」

ティアナが苦笑しながら、わたしの前に専用の食事を並べた。お子様用のプレートに、お腹に優しそうなものが少しずつ盛られている。

ちらちらとお肉を見ていてもくれる気配はなかった。

いいな……。

いつも通りの食事が始まる。

朝日を浴びながらお花に囲まれて食べるごはんは美味しかった。

でも。

「お肉食べたい……」

肉を見てそう呟《つぶや》く。

人間のものは食べちゃダメ、と言われた犬みたいだ。

ちらちらと魔王さまとお肉を見比べていると、魔王さまが聞いてくる。

「食いたいのか」

「うん、うん！　食べたい！」

目をキラキラさせる。

「仕方ないな……」

く、くれるの～⁉

期待していると、魔王さまにちょいちょいと手招きされた。

「？」

椅子から降りて魔王さまのそばに行く。

すると抱っこされて膝の上で横抱きにされた。

「ほら」

小さく切り分けたお肉をフォークに突き刺して、魔王さまはこちらに向けてくる。食え、と言っているようだ。

な、なんでこんなところで、あーんされなきゃいけないんだ……。

わたしたちの給仕をしていたメイドさんたちが、驚いたように目を丸くした。

それからあらあら、となぜか破顔しはじめる。

うう、恥ずかしい……。
やっぱりこんな状態じゃ食べられない……。
……とでも言うと思ったか‼
羞恥《しゅうち》より肉。
肉じゃ！
わたしはかまわずぱくっとお肉を口に含んだ。
う、うまー！
旨みたっぷりのお肉に目がキラキラになった。
もぐもぐと咀嚼《そしゃく》してごくんと飲み込む。
当たり前だが口の中のお肉はなくなってしまう。
「魔王さま、欲しいの。もっと」
魔王さまのシャツにしがみついてそうねだる。
「……」
魔王さまはじっとわたしを見た後、さっきと同じようにお肉を切り分けてくれた。
再びぱくっとそれを口に含む。
んんー、うまい！
お肉最高！
「魔王さま、魔王さま」

子犬のように魔王さまにしがみついてねだり続け、お肉を食べ続けていると、とうとうティアナからのストップがかかった。

「陛下、いけませんよ。プレセアさまはまだお腹の調子がよくありませんから」

「……ああ」

あ〜。

わたしのお肉。

でもなぜか魔王さままで、名残惜《なごり》しそうにしている。

魔王さまはティアナにそう言われ、とうとう給餌をストップしてしまったのだった。


食後には例のネコちゃんココアが出てきて、びっくりした。

わたしにじゃない。魔王さまに、だ。

わたしには蜂蜜《はちみつ》入りのホットミルクだった。

どんな反応するんだろ？　と思っていたら、魔王さまはぽつりと呟いた。

「……可愛くて飲めないな」

意外にもそんなことを言うものだから、わたしは噴いてしまった。

可愛くて飲めないって。

魔王さまって、怖い顔してそんなことを言うんだ。

っていうか、甘いもの好きなんだ……。

恐る恐るカップに口を付ける魔王さまを見て、わたしはずっと大笑いしていた。

「お前、なんで笑ってるんだ」

魔王さまは眉《まゆ》をひそめる。

だってだって。魔王さまがそんな、ネコちゃんクリームを潰《つぶ》さないように気を遣いながら飲んでるなんて。

おかしいに決まってるじゃん！

わたしはその強烈なギャップに、ずっと笑い転げていたのだった。


朝ごはんを食べ終わった後。

わたしは魔王さまの膝の上で、御機嫌に足をバタバタさせていた。

「ねーねー、魔王さまって暇なの？」

「そんなわけないだろう」

こんなにゆっくり朝ごはんを食べられるのなら暇なのかと思ったけど、そうでもないみたい。

「じゃあ何やってるの？」

「仕事」

「仕事って？」

具体的に何やってんのさー。

「……仕事の話はいい、うんざりするから」

相当辟易《へきえき》しているのか、魔王さまは首を横に振った。

「お前の話をしろ」

お前の話をしろったって。

「わたし、いつになったら外に出ていい？」

相変わらずの質問に、魔王さまはため息を吐《つ》く。

「わたし、逃げないよ。いい子だもん」

「いい子かは知らんが、まあそれは問題ないだろう。首輪があるからな」

魔王さまはわたしの首輪のチャームをチャリ、といじった。

それからわたしのほっぺたに手を当てる。

「……痩《や》せているな。顔色もよくない」

ほっぺに何かついていたのか、ぐいぐいとハンカチで拭《ぬぐ》われる。

「部屋でじっとしていた方がいいんじゃないか？」

「もう大丈夫だってば」

「いいや、大丈夫じゃないな」

おでこに手を当てられる。

「お前は部屋でゆっくりしていろ」

「えー、やだぁ！」

ぺしぺしと魔王さまの腕を叩《たた》いてみる。

彼は特に怒らなかった。

「仕方のない子だな」

むくれていると、魔王さまはわたしを地面に降ろして言った。

「……それなら散歩でもするか」

「さんぽ？」

「ペットには確かに散歩が必要だ」

魔王さまはわたしの手をぎゅ、と握った。

小さな手が魔王さまの手袋に包まれる感覚。

わたしはぱあっと顔を明るくする。

「うん！　散歩する！」

こうしてわたしは、朝のお散歩をすることになった。


魔王さまと手を繋《つな》いでお城を歩く。

こうして並ぶと、なんだか父娘《おやこ》みたいだ。

なんでだろう。

魔王さまの側仕《そばづか》えさんたちには、なんか微笑《ほほえ》ましいと言いたげな顔をされている。

やっぱり父娘のように見えるのかもしれない。

「ほら、この庭を散策しよう」

お城の反対側まで歩き、連れてこられたのは素敵な……。

いや、全然素敵じゃないいんですけど。

昨日わたしが破壊した庭じゃないのよ！

うう、魔王さま、やっぱり結構怒ってるのかなぁ。

まあ、そりゃあ怒るよね普通……。

「うわぁ……」

ぐしゃぐしゃになってしまった庭にたくさんの人が集まって、散乱した物を片付けていた。庭師のおじさんも悲しそうだった。

「ああ、陛下。おはようございます」

わたしと魔王さまに気がついて、作業をしていた人たちが頭を下げた。魔王さまはわたしを抱っこしてその人たちに近づいていく。

「こいつが犯人だ。魔力を制御しきれなかったらしい」

そう言って魔王さまはわたしに視線を向ける。

「お花に水をやろうと思ったの。本当にごめんなさい……」

しゅんとしながら謝る。

いや、本当に申し訳ない。

せっかく綺麗《きれい》な庭だったのに。

怒られるかなと思ったけれど、苦笑されただけだった。

「こんなに小さいのにすごいなぁ」

くしゃりと頭を撫《な》でられた。

「ここまでやられちゃあ、今度は何を植えようか逆に楽しみですよ」

西の庭園はずっと同じような花ばかり植えていましたからね、とおじさんは言う。

「そうだ、陛下。今度はどんな庭にしましょうか」

おじさんの話を聞いて、なぜか魔王さまはわたしを見た。

「プレセア」

「うん？」

「お前の好きな花はなんだ？」

「好きな……花？」

なんでそんなことを聞くんだろう。

ちょっと考えて、わたしは首を横に振った。

「……お花のこと、あんまり知らない」

今まで、祈ってばっかりだったからよくわかんないや……。

居心地悪そうにわたしがもじもじしていると、庭師のおじさんが言った。

「姫さまは綺麗な目をされていますね」

おじさんと魔王さまを交互に見る。

魔王さまはわたしの瞳《ひとみ》をじいっと見ながら言った。

「プレセアの瞳と同じ色のバラはあるか？」

「……ああ、そういえばこの間、品種改良で鮮やかなマゼンタ色のバラができたって、知り合いの業者が言っていましたよ」

「それはこの庭に植えられるだろうか」

「そうですねぇ、土との相性もありますが、まあいけるでしょう」

「じゃあそれを植えてくれ」

びっくりして、小さな声が漏れた。

「魔王さま、それでいいの？」

「何が」

「そんな適当に、わたしの目の色の花なんか植えて……」

後ろに控えていたティアナが、くすくすと笑った。

ティアナだけじゃない。他の側仕えさんたちも笑っている。

魔王さまはわたしの耳に唇を寄せて言った。

「適当になんか決めてない。お前の目の色が好きだから、その花を植えるんだ」

「！」

目の色が好きだから。

そう言われて心臓が跳ねた。

ほっぺたが熱くなる。

「この庭はお前にやろう」

「えっ?」

「好きにするといい……」

どういうこと?

びっくりしているわたしに、魔王さまはいたずらっぽく笑って言う。

「この庭を見るだけなら、少しだけ外出の許可をやる。俺のペットは外へ出たくて仕方がないようだからな」

「! ほんと?」

「ああ。これはお前の庭だ。大切にしろ」

よくわからないけど、庭をもらった。

まあ、本気じゃないんだろうけど、これはこれで嬉《うれ》しい。

「姫さまはほかに、どんな色がお好きですかな」

そう聞かれ、戸惑ったように魔王さまを見上げると、好きにしろと言われた。

「えっとね、オレンジ……とか?」

「ふむふむ、そうだなぁ、それじゃあベビーロマンティカなんかも一緒に植えて……」

おじさんは楽しそうにああしようこうしようと呟いていた。

「姫さま、楽しみにしていてくださいね。きっと素敵な庭園にしてみせますから」

「うん！　ありがとう！」

超楽しみ～。

わたしは笑って頷《うなず》いた。


しばらくの間、魔王さまに抱っこされながら庭の様子を眺めていた。

そうしたらふと、魔王さまの視線を感じた。

「？」

目を瞬《しばたた》かせれば、魔王さまは静かな声で尋ねる。

「プレセア」

「なに？」

「……楽しいか？」

また、魔王さまはわたしに確認した。

ほんと、質問するのが好きだなぁ。

「うん、楽しいよ」

そう答えて笑うと魔王さまは嬉しそうな顔をした。

真っ黒な目がおだやかに緩められる。
その瞳に浮かぶのはわたしの幼い顔。
魔王さまはどうしてそんな風に、わたしを見るんだろう。

——プレセア。

どうしてそんなに優しい声で、わたしの名を呼ぶのだろう……。

第十一章　そばにいて

その昔、二柱《ふたはしら》の夫婦神が仲良く手を取り合って二つの世界をお創りになった。

力は弱いが、協力し合うことで絶大な力を生み出す人間の住む『人間界』。

魔力と言われる穢らわしい力を持った魔族の住む『魔界』。

人間は協力し合って、より良い世界を築きあげた。

しかし魔界はひどく荒れ果てて『失敗した』世界になった。

魔界に住む魔族たちは醜悪な欲望に呑み込まれ、互いに傷つけ合い、何もかもを奪い合う知能の低い生き物だったからだ。

そんな魔族たちは自分たちの世界で争うだけでなく、清く美しい存在である人間を妬《ねた》んで人間界を手に入れようとした。人間界へ乗り込んできたのだ。

けれどその穢らわしい力は、人間の持つ聖なる力には遠く及ばなかった。

人間たちは聖なる力で魔族たちを打ち払い、最も聖なる力を持った聖女が、二度と人間界へ入ってこられぬよう二つの世界の間に結界を張った。魔族たちは今でも清く尊い人間たちを妬み、恨み、隙あらば人間界を乗っ取ろうとしているのだという。

◆

——わたしが人間界でずっと教えられてきたことは、なんだったんだろう。

魔王さまやティアナたちと出会ってからよくそう考えるようになった。

魔王さまはわたしをペットだと言うけれど、わたしを見つめるその瞳はあまりにも優しくて、むずむずするくらいだった。

わたしの身の回りのお世話をしてくれる人たちもみんなそう。

誰一人として、人間のわたしに危害を加えることはしなかった。

それどころか、みんなわたしのことを可愛《かわい》がってくれた。

わたしが人間界で教わっていたことって……もしかして間違っていたのかな。

だとしたら魔界って、いったいどんな世界なんだろう？

わたし、もっとこの世界のことを知りたいかもしれない。

……って思った矢先。

考えすぎたせいなのだろうか。

高熱が出てしまった……。

「んんぅ……」

「ああ、プレセアさま、お可哀想《かわいそう》に」

ううう。

頭がガンガンする。

気持ち悪い。

「ティアナ、吐きそう……」

「いいですよ、気持ち悪ければ全部吐いてください」

考えすぎて熱が出たのか。

庭園事件で水をびっしゃり浴びてしまったせいかもしれない。とにかくわたしは風邪《かぜ》をひいてしまい、またベッド生活に舞い戻ることになってしまったのだった。

「ティアナ、ティアナ」

熱に浮かされながらティアナの名前を呼ぶ。

「しんどいよぅ」

子どもの体になったせいか、熱はなかなか下がらない。

みんな心配して代わる代わるベッドのそばについていてくれた。

「ティアナも、ユキもバニリィも、みんなプレセアさまのおそばに居ますからね」

心配そうに手をさすってくれながら、ティアナがそう言った。

「魔王さまは……?」

「魔王さまも、もうじきいらっしゃいますよ」

無意識に魔王さまを求めてしまう。

魔王さまと一緒に眠ったとき、すごく心地よかった。

ここなら安心できるって思った。

魔王さま、どこ……？

「まおうさま……」

高熱のせいだろうか。

ぐるぐると視界がまわり、気持ちの悪い夢を見た。

◆

『まだあの女が祈りを捧《ささ》げているのか』

――祈るたびに、体が痛む。

『聖女という身分にあぐらをかいて、何も努力せずに来たんだろうなぁ』

――祈るたびに痛みに悲鳴をあげるのは、心もだ。

『あの女は民からの羨望《せんぼう》が欲しいんだろうよ。まったく浅はかな女だ。努力しなければ何も手に入らないというのに』

――違う。わたしはそんなもの、望んでいない。

『誰からも求められていないのになぁ』
――誰か、助けて。
『さっさと死んじまえばいいのに』
――どうか、わたしを。
わたしを――。

暗転。
わたしは気づくと暗闇の中に立っていた。
――ねえ、苦しいんでしょう?
暗闇の中にどこかで聞いたことのあるような声が響いた。
今いる暗闇よりももっと深い闇を纏《まと》った影が、ぶるりと蠢《うごめ》く。
それは人の形になると、ぱっくりと赤い口を開けて笑った。
「……誰?」
おぞましさにわたしは後ずさった。
――力を貸してあげましょうか。
「なに……? なんの話」
その影は強い憎悪のような感情を纏っていた。

――憎いでしょう、あいつらが。

影の言葉はわたしの心を激しく揺らした。

殿下の顔や、ヒマリちゃんの顔や、神殿の神官たちの顔が思い浮かぶ。

先程の夢のように、ひどいことをされたシーンばかりがわたしの目の前を流れていった。

――悔しいでしょう、プレセア。

そのおぞましい声に名前を呼ばれて、ぞくりと悪寒が走った。

――ねえプレセア、あなたには力があるの。

「やだ、やめてってば」

聞きたくない。

こいつに関わりたくない。

わたしは目を閉じて耳を塞《ふさ》いだ。けれどその声は頭の中に直接響いてくる。

――いつもヘラヘラして、考えないようにしてるけど。あなたはね、本当は憎くて憎くて、仕方がない。

「っ」

――あいつらを殺したいって思ってるの。

「そ、そんなこと、思ってな……」

――嘘よ、嘘。いつもは別の場所に感情を向けて忘れようとしているだけ。

影はもう一度、ぱっくりと口を開けてケタケタと笑った。

――ねえ、あなたには力がある。わたしにその力を委ねてくれたら、みーんな殺してあげるわ。

「黙って！」

叫んだ瞬間、胸に激しい痛みが走った。

まるで心臓を握りつぶされているみたいだ。

思わず顔を歪《ゆが》めて座り込む。

――その胸の痛み、なんだか覚えてる？

これは……。

そうだ、わたし……。

――それがある限り、わたしたちはずっと一緒。決して離れることはない。

影がわたしを取り巻く。

ぬうっと白い腕が出てきて、わたしの頬を撫《な》でた。

――忘れないで、わたしという存在がいることを。

影はそう囁くと、溶けるように暗闇の中へ消えていった。

◆

「んー、食べても吐き戻してしまうし、点滴しましょうか」

目が覚めるとお医者さんがいた。

心臓がバクバクしている。

なにかひどく怖い夢を見ていたような気がするけど、ぼんやりとしていて内容を思い出せない。

けれど体にはびっしょりと汗をかいていた。

昔の、辛かった頃の夢を見ていたのかもしれない。

「あ、目が覚めたみたいね」

「ん……おいしゃさん……？」

「ええ、そうよ。熱が高いから、治療させてもらうわね」

いつもわたしを診てくれる、綺麗《きれい》でやたらおっぱいが大きい女性のお医者さんだ。

えーっと、名前は……。

だめだ、頭がぼーっとして思い出せないや。

お医者さんはカチャカチャと音を立てながら、何か器具を用意し始めた。

あれ……？

手に持っているその針みたいなものは、一体何？

「大丈夫よ、少しチクッとするだけですからね」

「それ、なに……？」

不安そうな顔をしているとティアナが教えてくれた。

「針から、直接プレセアさまのお体に栄養を入れるんですよ」

そう聞いた途端、わたしはゾッとしてしまった。

まだ悪夢の続きを見ているのだろうか。

頭が混乱してしまい、どこにそんな力があったのかというほどわたしは暴れた。針を刺す直前、耐えられなくなって逃げ出そうとする。

「やっ！　いやぁっ！」

針をはねのけたあと、本物の五歳児のように泣きじゃくった。

「ひどい、ひどい！　みんなうそつき！　わたしに、痛いことするの！」

「プレセアさま……」

「やだよ、そんなのしないもん！」

みんな困っていたけれど、そんな針を体の中に入れようなんて方がどうかしてる。

もしかしてこれって拷問？

「やだぁ……」

子どものように涙を流す。

みんなオロオロしながらわたしを落ち着かせようとしていた。

それでもわたしは泣き止まない。


「どうした？」

落ち着いた声が部屋に響いた。

そんなに大きな声じゃなかっただろうに、わたしの耳は敏感にその静謐《せいひつ》な声を拾い上げる。

涙で歪んだ視界に黒が滲《にじ》んだ。

「……可哀想に」

その人は、あたたかい大きな手でわたしの涙を拭《ぬぐ》い取る。

そこにいたのは、いつも通り落ち着いた様子の魔王さまだった。

「魔王さま……っ」

魔王さまはベッドに腰をかける。

わたしは必死に起き上がって彼にしがみつこうとした。

頭がズキズキして吐きそうになる。

ティアナが「寝ていてください！」と焦ってわたしをベッドへ戻そうとしたけれど、魔王さまはそれを遮って軽々とわたしを抱え、抱きしめた。

「苦しいのか、プレセア」

「うん、うん……」

魔王さまに抱きしめられると、不思議と心が落ち着いた。

あれほど溢れていた涙も止まる。

くすん、と鼻を鳴らして、もぞもぞと魔王さまの胸にしがみついた。

「やだ、針さすの、や……」

そう言って駄々をこねる。

魔王さまがお医者さんと目を合わせる気配がした。

それから静かな声が降ってくる。

「……少し、俺の話を聞いてくれるか」

「……」

しばらく黙って、仕方がないのでこくんと頷《うなず》く。

「いい子だ」

そう言って頭を撫でられれば、また体から力が抜けていく。

「これはお前の病気をよくするためのものだ」

「……よくするもの？」

「ああ。今、お前は口から栄養を取れないから、針を使って直接体の中に栄養を入れるんだ」

「……怖い、そんなの変だよ……」

ぶるる、と体が震えた。

針を体に入れるなんて正気じゃない。

「変じゃない。魔界では当たり前だ。栄養が取れなければもっと悪化してしまうぞ」

「……」

「俺のことが信じられないか、プレセア」

くっと顎《あご》を持たれて、目を合わせられる。

「怖いの……」

ぽろぽろと涙を零《こぼ》せば、魔王さまに涙を拭われた。

「大丈夫だ、すぐに終わるから」

「……」

「俺がそばにいる」

頬を撫でられる。

どうやら拒否権はないようだった。

「やってくれ。俺が見ているから」

魔王さまはお医者さんにそう言う。

「〜ッッ」

怖くなって震える。

するとぎゅ、と魔王さまに抱きしめられた。

「……む、無理……ひっく……やだぁ……！」

抵抗しても魔王さまは離してくれない。お医者さんが再び針をわたしに近づける。

「はい、少しチクッとしますよ」

「あぅっ！」

痛い！

チクッと針が皮膚を刺す感覚に、悲鳴をあげてしまった。

逃げたくてもがこうとしたけれど、魔王さまに体をしっかりと抱きこまれて動かすことができない。ぽろぽろと涙が出て、ひっくと嗚咽《おえつ》が漏れる。

しばらくじっとしていると、チクリとした感覚は引いていった。

「……はい、終わりましたよ。よく頑張りましたね」

刺した針をテープで固定された。どうやらしばらくはこのままらしい。

わたしは怖くて、そちら側を見られなかった。

「よく頑張ったな、プレセア」

魔王さまに頭を撫でられた。

ぐすぐす泣きながら魔王さまに頭を擦り寄せる。

「痛いの……これやだよ……」

「大丈夫だ。じきに痛みも治まるだろう」

うそ、うそと呟《つぶや》いていたけれど、疲れてしまったのかだんだん眠くなってくる。

そうすると点滴の痛みも少しずつ感じなくなってきた。

わずかに手に違和感があるだけ。

「陛下、このまま寝かせてしまいましょう」

「ああ」

魔王さまはぐったりとしたわたしをベッドに寝かせる。

安心できるぬくもりが、離れてしまう……。

「行かないで……」

「ああ、ずっとここにいる」

魔王さまは手を握ってくれた。

「治ったらお前のわがままをなんでも聞いてやる」

……体が熱い。

うるんだ瞳《ひとみ》で魔王さまを見上げる。

「わたし……アイスクリーム食べたい」

「そうだな、それじゃあ街へ行こうか」

「ほんと？」

「ああ。この間、うまいアイスクリームの店を聞いた」

「お外、つれていってくれるの？」

「この風邪《かぜ》をきちんと治したらな」

こつ、と魔王さまは自分の額とわたしの額を合わせた。

「お前に嘘はつかない。俺はお前のためなら、なんだってするよ」

……どうしてこの人は、ここまで優しくしてくれるのだろう。

なんでみんなは、わたしを可愛《かわい》がってくれるのだろう。

もしかして本当に、わたしにひどいことをする気はないの……？

「まお、さま……」

「ん」

「一人ぼっちはもう嫌だよ……」

熱に浮かされたわたしの、見間違いだろうか。

一瞬、魔王さまの顔が悲しげに歪んだような気がした。けれどその表情もすぐに消えてしまったから、やっぱり気のせいだったのかもしれない。

魔王さまはわたしの汗に濡《ぬ》れた前髪をかきわけて、額に口づけを落とした。

「約束する。絶対にお前を一人なんかにしない」

わたしを安心させるように微笑《ほほえ》む。

「大丈夫だ。お前はもう、苦しまなくていいんだ」

……そっか。

もう、本当に終わったんだね。祈りを捧《ささ》げなくてもいいんだ。

わたしは魔界へ来てから初めて気づいた。

もう二度と聖女にならなくてもいいし、あの場所へ帰らなくてもいいということに。

あのサークレットもつけなくていい。

殿下にひどいことを言われることもない。

もう痛いことや苦しいことは、終わったんだね。

「大丈夫ですよ、プレセアさま」

ティアナたちもそばにいて、励ましてくれた。

「みんな、ずっと一緒です。あなたさまと共にあります」

「ん……」

愛おしいものを見るような目で見つめられて、頭を優しく撫《な》でられる。

みんな、何一つわたしにひどいことをしなかった。それどころか、ずっとそばにいて優しくしてくれた。

心に蟠《わだかま》っていた魔族のみんなを疑う気持ちが、少しずつ溶けて消えていく。

もしかしてわたしは本当に、みんなに愛されているの——？

第十二章　プレセアの変化

「プレセアさま……」

数日続いたプレセアの熱がようやく下がった。元々細かったのに、熱のせいでさらに細くなってしまった痛々しい手をティアナはきゅ、と握った。

——一人ぼっちはもう嫌だよ……。

病床でうなされるプレセアの呟《つぶや》きを思い出して、ティアナは悲しそうな顔をした。

「……私たちは決してあなたさまから離れたりはいたしませんよ」

眠るプレセアの額を撫でると、少女は少しだけ心地よさそうに微笑んだ。


——プレセアはとても不思議な子どもだった。

オズワルドが突然人間の子どもを連れてきて城で育てると言ったときには驚いたものの、ティアナはすぐにその子どもの魅力に気づいた。

プレセアと接していると、皆笑顔になるのだ。

それどころか世話をしたくてたまらないと、多くの者たちがプレセアの世話係に名乗りをあげた。厳格な女官長でさえ、すっかりデレデレになって目も当てられない状態になったほどだ。

そんな中、ある事情からティアナが世話係筆頭を任されたわけだが、プレセアはいくら一生懸命世話をしても完全には心を開かなかった。

プレセアは人間界でとてもひどい扱いを受けていたようだ。魔力形質といって、その身に宿す魔力が非常に強い場合、髪や瞳が常人とは違う色合いになる。プレセアの髪と瞳はまさにそれで、魔界でも類を見ないほどの鮮やかさだった。

人間界の一部では魔力持ちを忌み嫌う風習があると聞く。そのせいでひどい扱いを受けていたのだろうとティアナは心を痛めた。

プレセアは自分があたたかい待遇を受けていることに疑いを持っているようだった。人間界にはない設備に驚き、魔族たちの優しさに驚き。自分の魔界に関する知識とのギャップに、ついていけていないようなのだ。いつもニコニコして与えられるものに大喜びしていたけれど、それと同時にずっと警戒もしていた。

人間界で育ったのに突然魔界へやってきてしまったのだから、当然のことだ。

遥《はる》か昔、人間界と魔界は交流を持つこともあったというが、互いの世界に干渉すればするほど世界線に歪《ゆが》みが生じるという理由から、今ではそれも途絶えてしまった。どちらにせよ、魔族たちも人間界には特に興味はない。魔界よりも文明が劣っていて、取り入れたい技術なども特になかったからだ。

けれど人間界の一部の地域では、魔界は邪悪な者たちが住む場所と教えられているらしい。きっとプレセアもそう教えられて育ったのだろう。

ティアナはよく知っている。言って聞かせるだけでなく、態度や行動で示した方が子どもは物事を理解しやすいのだと。だからティアナはプレセアに心を開いてもらおうと、一生懸命愛情を込めて世話をしているのだ。

「熱が下がって本当に良かったです」

数日後。

プレセアの体調はだいぶ良くなっていた。それでも安静が必要だと医者が言うので、まだベッドから出さないようにしている。

「ねえ～もう退屈～」

「いけません。ぶり返さないように、しばらくはじっとしていただかないと」

「えー、もういっぱい寝て、眠れないよ」

意識がはっきりとして微睡《まどろ》むこともなくなったプレセアは、早く起きたいと駄々をこねていた。

その姿は熱を出す前よりも断然元気になっている。

それに顔色だけではなく、プレセアの様子や行動も少し変わったように思えた。なんというか、今まではできるだけこちらと関わるまいとしていたのに、なぜか興味深げにティアナたちを観察するようになったのだ。

今もティアナが食事の準備をしているのを、プレセアはじーっと見ていた。そしてポツリと言葉を漏らした。

「あの、ティアナ」

「？」

ティアナが手を止めると、プレセアはもじもじとこちらをうかがっている。

どこか不安そうな顔。

落ち着かないのだろう。

「どうしました？」

「あのね……ティアナは、本当はこの髪も瞳も変だと思ってる？」

「え？」

突然何を言い出すのかとティアナは瞬《まばた》きをした。

プレセアは毛布を口元まで持ち上げ瞳だけを出して、恐る恐るというように聞いてきた。

「わたし、変な見た目でしょ……？」

「まあ、どうして？　こんなに綺麗《きれい》なのに」

「人間の世界じゃ、みんな変って言うよ」

ティアナはしばらく考えて、答えを口にした。

「……魔界では髪や瞳の色がみんなと違うなんて当たり前です。肌の色だって、身長や体格だって違うし、ツノが生えていたり、獣の耳が生えていたりもするでしょう？」

「……うん」

「そもそも人間の姿をしていない種族だっています。プレセアさまは彼らのことをおかしいと思いますか？」

「お、思わない！」

プレセアはブンブンと首を横に振った。

警戒はしているけれど、別に城の者たちを嫌っているわけではないのだろう。

「そうですよね。みんな違うのは当たり前です。見た目だって性格だって違うでしょう。生まれ持った姿で人に優劣をつけることはとても悲しいことですよ」

プレセアの目はキラキラ、うるうるしていた。

もしかすると彼女にとってその言葉はとても嬉《うれ》しいものだったのかもしれない。

対して、ティアナの心はズキズキと痛んでいた。どのように育てられればこのような心に傷を持った子どもになるのだろうかと。

けれど今、プレセアは少しずつ心を開き始めている。

だったらこの子が安心して魔族たちに身を委ねられるよう、とことん優しく包み込んであげようとティアナは決意した。

食事の準備を調え終えると、プレセアがティアナの服の袖《そで》をついついと引っ張った。

「ティアナ」

「はい」

「あーんがいい。あーんして……？」

「あらあら、今日のプレセアさまは甘えん坊ですね」

「ううん。毎日こんなのだよ」

「そうなの？」

「うん。あのねティアナ、お昼寝するときも、一緒がいいな……」

プレセアはうるうるした瞳《ひとみ》で、ティアナを見上げる。


――ああ、やっぱりそうだわ。


ティアナは目を瞬《しばたた》かせた。

やはりあの高熱の後からプレセアの様子は少し変化した。いつもは一人がいいと言うのに、だんだんと甘えん坊になってきた。

プレセアの前向きで愛らしい変化に、ティアナは心の中でひっそりと喜んだ。


完全に熱が下がったら、プレセアは以前よりもだいぶ元気になっていた。

医者もやっとベッドから出る許可をくれて、プレセアは大喜びしていた。

じっとしているのは退屈で退屈で仕方がなかったらしい。

篭もりきりなのも流石《さすが》に可哀想だと思って、ティアナはプレセアと手を繋《つな》いで一緒に城の中を散策することにした。

お花可愛い、キラキラの飾りがある、あの甲冑《かっちゅう》動きそう！　などとプレセアはお城の中にあるものを見てはしゃいでいた。その愛らしい様子に、すれ違う者たちもメロメロになっている。

けれど予想外のことが起こった。

魔王の執務室の前を通ったとき、突然プレセアが思ってもみない行動に出たのだ。

ドンドンドン！

プレセアが執務室の扉を叩《たた》く。

「まっおおっさま！　あっそびっましょ！」

「あ、こら！」

突然そんなことをするとは思わなくて、ティアナは驚いた。

焦ってプレセアを止めると、部屋の中から秘書官のエリクが顔を出して笑った。

「おや、プレセアさま。遊びに来られたのですか？」

「うん！」

魔王を避けていたプレセアが自ら来るなんて、とエリクも嬉しかったのだろう。注意されるかと思いきや、ティアナたちはそのまま中へ招き入れられた。けれどやはり、オズワルドも少し驚いているようだった。

「プレセア、びっくりしただろ」

「ねえあそぼー」

プレセアはオズワルドのもとに駆け寄ると、その足にしがみついてねだった。

オズワルドはひょいとプレセアを抱っこする。プレセアは抱っこされても嫌がっていないようだった。プレセアは机の上にあったインク瓶を手に取って、いたずらしようとする。

「こら、それは大切なものだから触るな」

インク瓶を回収し、オズワルドはついとプレセアの額をつつく。

「ねえアイスクリームは？」

「ああ、分かっている。もう少しだけ待ってくれ」

「……」

オズワルドがそう返すと、プレセアは少し眉《まゆ》を寄せた。

何か、オズワルドの態度に引っかかるものがあったようだ。

「……ねえ、お部屋どんどん叩いたり、お仕事の邪魔したり。わたしのこと、叩かないの……？」

「馬鹿。誰がそんなことをするか。そんなひどいことをする奴はこの世界にはいない」

オズワルドがそう言うと、プレセアは眉をポヨポヨと下げた。怒られると思っていたのかもしれない。けれどオズワルドは怒らなかった。

ティアナはその様子を見て思う。

きっとプレセアは、自らに愛情を注がれる感覚が不思議でたまらないのだろう。

プレセアは与えられた愛情をうまく受け止められなくて、愛情を試すようなことばかりしている。それでも少しずつ、その受け取り方を覚えつつあるようだった。

「夜になったらそちらへ行くから」

「！」

「今はエリクと遊ぶのでは、いやか？」

プレセアはもじもじした後、それでもいいよ、と呟《つぶや》いた。

「エリク、外で遊んでやれ。姫は体調もいいようだ。ティアナも少し疲れただろうから」

「はい、そういたしましょう」

エリクもニコニコとそれを受け入れた。

プレセアは不思議そうな顔をしていたが、徐々に笑顔が戻ってくる。

「それでは何をしましょうか？　お外で砂遊びでもしましょうか？」

「そんな子どもっぽい遊びしないもん」

「おや、そうなんですか。じゃあ何をします？」

「こっち来て！」

エリクの手を引っ張って、部屋の外へ走っていく。

ティアナはオズワルドに挨拶《あいさつ》をして、そのあとをついて行った。

庭園へ走り出るとプレセアは蝶々《ちょうちょう》を見つけたらしく、キャッキャと甲高い笑い声を響かせながら、追いかけ回していた。笑顔で元気に駆け回るその姿こそが、きっと本当の彼女の姿なのだとティアナは強く思った。

「見てどろんこオバケ」

「きゃーっ⁉　姫さま⁉」

プレセアは結局ドロドロになって、他のメイドたちが悲鳴を上げていた。

「す、すみません、すみません……」

砂遊びどころか泥遊びに付き合わされて、エリクもドロドロになっていた。

プレセアは子どもっぽい遊びは好きじゃないと言う割に、実際にやらせてみると夢中になっていたりする。そして時折ハッとしたように、こちらを見るのだ。

ほっぺたを赤くして。

「プレセアさま、さあお風呂《ふろ》に入りましょう」

「えーお風呂嫌いー」

「ダメですよ、また風邪《かぜ》を引いて、点滴することになってしまいます」

点滴と告げると、プレセアはブルッと身を震わせた。相当あの針の痛みがトラウマになっているらしい。ティアナが苦笑している間にプレセアは、お風呂入る！　と自分から服を脱ぎ始めたのだった。

「ねえティアナ」

「はい」

その夜。

外を走り回って疲れてしまったのか、ベッドに寝かせるとプレセアはすぐにうとうととし始めた。

まぶたをとろとろさせて、プレセアは小さな声でティアナに聞いた。

「みんな、わたしのこと嫌いじゃないの……？」

ティアナは小さく目を開ける。

「……当たり前ですよ。誰があなたを嫌ったりしましょう？」

じゃあ、あの。と今度はさらに小さな声で言う。

「わたしのこと、好きなの……？」

ティアナは思わず、顔を綻《ほころ》ばせてしまった。

「ええ、大好きですよ。本当に、言葉では言い表せないくらい」

「……！」

「愛しています、プレセアさま」

そう言って額にキスをする。プレセアの目が見開かれた。

きっと、ようやく気づき始めたのだろう。

みんなの愛情に。

そしてそれを受け入れ始めたのだ。

「ティアナ」

「はい」

「ぎゅってして……?」

「ええ、もちろんですとも」

ティアナはその小さな体を抱きしめた。

戸惑っていたけれど、やがてきゅ、と甘えるようにプレセアはティアナの胸に頬を寄せた。

——あなたにとって、どうかここが安心できる居場所になりますように。

プレセアを胸に抱きながら、ティアナは強くそう願った。

第十三章　魔王さまとデート

ひどい高熱が出たものの、わたしの風邪はもうすっかり治ってしまった。

点滴、というものすごーく怖い拷問器具を使ったおかげかもしれない。

風邪を引く前より元気になった気がする。身も心も軽いのだ。なんだか、小さくなってからずっと気怠《けだる》かった体も、だいぶ楽になっている。

それに変化したのは体だけじゃなかった。最近はなぜか、みんなに甘えたくて仕方がないのだ。

もしかしたら、彼らへの警戒心がすっかりなくなってしまったのかもしれない。わたしの中で凝り固まっていた何者をも拒絶する気持ちは、きっともうすぐ完全に溶けて消え去ってしまうのだと思う……。


「はぁ～！　プレセアさま、とっても可愛《かわい》いです！」

ティアナたちは着飾ったわたしにデレデレだった。

相当お洒落《しゃれ》がうまくいったようだ。

本日のわたしはおでかけ用の服を着て、髪を巻いて、せいいっぱいお洒落している。風邪をちゃんと治すことができたので、ご褒美に魔王さまと城の外にお出かけすることになったのだ。この日をどれだけ心待ちにしていたか。

髪は黒と白の長いリボンでツインテールにし、毛先はクルクルとコテで巻いてもらった。ピンクと白のワンピースを着て、腰にはふわふわと揺れる大きなリボンを結ぶ。そしてわたしは、いつものようにウサちゃんを抱いた。

ウサちゃんは置いていきましょうねと言われたけれど、ぶんぶんと首を横に振っておいた。ウサちゃんは、今ではわたしの一部みたいになっている。病めるときも健やかなるときも一緒だったのだ。なんだか抱いていないと、落ち着かない。

バタバタしているうちに、魔王さまが迎えに来た。

いつもの黒い外套《がいとう》は脱いで、ラフな格好になっていた。

外套を脱ぐと、ぱっと見、魔王さまって気づかないような……。

「魔王さま、はやくはやく！」

楽しみすぎて、わたしは我慢できずに魔王さまに駆け寄った。

その足にぎゅう、と抱きつく。

見上げれば、少し驚いたような顔をする魔王さまと目が合った。

「……可愛いな」

ぽつりと魔王さまは真顔で言った。

「ふふふ、そうでございましょう。今日のプレセアさまは私ども一同、気合を入れてお洒落させていただきましたから！」

ティアナが自慢げにそう言う。

「魔王さまはやくぅー！」

とにかく遊びに行きたくて仕方ないわたしは、魔王さまにしがみついてバタバタしてやった。

すると魔王さまはわたしを抱きあげる。

「お転婆な姫だな。街で迷子になるなよ」

「そのための首輪なんでしょ？」

むくれてそう言えば、魔王さまは笑った。

「ああ、そういえばそうだった。それにしても、ずいぶん甘えん坊になったものだな。俺と二人で出かけたがるとは思いもしなかったが」

そう言われて頬がポッと赤くなる。

「ま、魔王さま、わたしとデートしたそうだから、デートしてあげるんだよ！」

「そうなのか？」

「そうなの！」

本日は魔王さまと二人きりだ。

べ、別にそれが嬉《うれ》しいとかじゃなくて。

わたしは外に出られることと、アイスクリームが食べられることが楽しみなだけだもん！

頰を赤くしてそう言いつのっていると、魔王さまは笑った。

「ああ、わかったわかった。それじゃあ、もう行こうか」

「……うん！」

すごく楽しみで体がぷるぷると震える。

「行ってらっしゃいませ」

ティアナたちが深々と頭を下げた。

「いってきまぁす！」

わたしはティアナたちに手を振って、魔王さまの首にしがみついた。

こうしてわたしと魔王さまは、転移魔法でお城を出たのだった。


「もう目を開けてもいいぞ」

びゅう、と冷たい風を感じた。

慣れないと酔うから、と魔王さまに目をつぶるように言われていたわたしは、合図を聞いてからゆっくりと目を開いた。

「！」

目に飛び込んできた景色に、ひゅ、と息を吞む。

「ちょ、ちょっと、ここどこ⁉」

風が吹いてわたしの長い髪を揺らした。

思わず魔王さまにしがみつく。

眼下に広がっていたのは、綺麗《きれい》な色の建物がびっしりと立ち並ぶ広大な街並みだった。きっちりと整備された道を行き交うたくさんの人々が、豆粒みたいに見える。

どうやら魔王さまはかなり高い場所にわたしを連れてきたらしい。

「城の屋根だ。まずは、お前に街全体を見せてやろうと思って」

「うへぁ」

魔王さま、お願いだから足滑らせたりしないでね……。

「おおっと」

「ぎゃーっ⁉」

ガクッと魔王さまが揺れる。

「足が滑った」

「や、やめてよお！」

「しっかりつかまっていろ。お前を落としてしまうかもしれん」

普段ふわふわと空を飛ぶわたしだけれど、さすがにこんな高さは怖い。

「冗談はさておき」

「おいこら」

冗談だったんかい。怒って魔王さまのほっぺを弄《いじく》り回していると、彼はわたしを気にせず眼下の街に指を伸ばした。

「見てみろ。この街は城を中心に、ほぼ円形に発展している」

目を細めてよく見てみると、確かにこの広い街は円形に広がっているようだった。隙間なく立ち並ぶ建物のそばに、とにかくたくさんの通行人や商いをする人々が見えて、その人口の多さに目眩《めまい》を起こしそうになった。このお城の外には、こんなに大勢の人たちが住んでいたんだ……。

そのほかに大通りを通行する馬車や、街のずっと向こうには見たこともないほど長くて大きな車のようなものが見えた。あれは一体なんだろう？

「魔王さま、あれなに？　なんで線の上を長い車が走っているの？」

「あれは魔導機関車だ」

「魔導機関車……？」

「魔鉱石を使って動かす車だ。魔界での長距離の移動手段は主にあれだな」

へえ～！

そんなのがあるんだ。わたしも乗ってみたい！

「今、あれをさらに小さくした魔導車と言われる車の開発が進んでいる。馬車の自動版のようなものだ」

「すごい！　それがあったら、みんな移動が楽になるね！」

魔王さまが苦笑した。

「この街に関しては、建物が多すぎて道の整備の方に骨が折れそうだ」

そうだね、建物がこれだけ密集してちゃあ……。

それにそんな小さい車がみんなの手に渡ったら、事故とかいっぱい起きちゃいそうだよね。

ルール決めたり、いろいろ大変そう。

「さて、どこへ行きたい？」

魔王さまはわたしを見た。

「んーと……」

ちょっと考える。

「アイスクリーム！」

「……そうだったな」

魔王さまは笑ってわたしを抱き直すと、再び転移魔法を使ったのだった。


「ふわぁ、すごいねぇ」

魔王さまに手をひかれながら、賑《にぎ》やかな通りを歩く。

ここは市場。

アイスクリームを買う前に、街を少し見ていくことになったのだ。

わたしの目の前には野菜や果物、肉や魚なんかを売るお店が並んでいた。

なんか屋台みたいなものもあって、いい匂いがする。

お肉の串焼《くしや》きが目に入って、お腹がぎゅるう~と鳴った。

わたし、こういうの久しぶりだなぁ。

人間界にいたころはずっと神殿の中だったし、出られても仕事で忙しくてのんびり街を見学する暇なんかなかった。だから人込みがすごく新鮮に感じられる。

街には人間とは姿形が違う人がいっぱいだった。

頭が狼だったり、二足歩行の蜥蜴《とかげ》みたいだったり。

それでも人間界で教えられたような、荒れ果てた街じゃなかった。

みんな普通に買い物してるし、揉《も》め事なんかも特に起きてはいない。人間界よりもずっと技術が進歩してるから、見たことのない道具がいっぱいあって暮らしも快適そうだ。

あの、たくさん果物を入れてる瓶は何かな?

お客さんが手に持っているのはフルーツジュースだから、果物を搾る魔道具とか?

ああ、気になる。

魔界のことをもっと知りたい。

パタタ、と駆け出そうとするわたしを魔王さまが捕まえる。

「こら」

「あう」

首輪に指をひっかけられて、ぐえぇとなった。

「ペットは主人のそばを離れるな」

そう言って手を握られる。

「はいはい」

わかってますよーだ。

ぺろっと舌を出してから、わたしは魔王さまの手をぐいぐい引いた。


市場から少し離れると、喫茶店やお菓子屋さんなどが多く並ぶ区画に出た。

人間界じゃ見たことがないようなお洒落なお店がたくさんある。

魔王さまが連れてきてくれたのは、看板に黒猫が描かれた可愛いお菓子屋さんだった。

「なにこれぇ」

大きなガラス窓から、美味しそうなお菓子がたくさん並んだ店内が見えた。

ガラス窓にへばりついて中を観察していると、魔王さまに引きはがされる。

「ほら、さっさと入れ」

「はーい」

魔王さまに促されて中に入ると、甘い香りがふわりとわたしの鼻腔《びこう》をくすぐった。

お店の中はクッキーやキャンディやチョコレートや、その他いろんなお菓子で溢《あふ》れかえっていた。

夢のようなお店だ。

「いつもは混んでいるが、今日は空いているみたいだ」

魔王さまが呟《つぶや》く。

「ねえ、お菓子見てもいい？」

「ああ、好きなだけ」

ひょえー、ここ、天国だ……。

わたしは棚に並べられた商品をじっくりと見て回った。

中には見たこともないお菓子があったりして、いくら見ても飽きなかった。

わたしが一番気に入ったのは、宝石キャンディ。

宝石のようにカットしたキラキラのキャンディを、好きなだけ瓶詰めできるというもの。

キャンディポットも形が選べて、可愛いものがいっぱいあった。

詰めたい詰めたい！　とねだれば、やってもいいと魔王さまは言ってくれた。せっかくなのでティアナたちへのお土産《みやげ》にしようと、わたしは瓶にぎゅうぎゅうにキャンディを詰めたのだった。

「ほら、アイスクリームは？」

「あ、そうだった！」

瓶を魔王さまに渡すと、魔王さまはお店の一角を指さした。

「あそこだ。小さいが味は悪くない……おい、走るなよ」

魔王さまに注意されたので、そわそわしながら早歩きでアイスクリームが並ぶコーナーへ向かった。ガラス張りのケースの中に、アイスクリームが入った箱が並んでいた。

このケースもなにか仕掛けがあるらしく、ひんやりとしている。

冷却効果がある魔道具なのかもしれない。

「すごい！　いっぱいいろんなのある……」

バニラにチョコ、レモン、クッキークリームと、フレーバーは選び放題だ。

どうやらアイスクリームにはお店の中のお菓子をトッピングしてもらえるらしく、綺麗なお姉さんが何になさいますか？　と優しく聞いてくれた。

「えーっと、お店にあるもの、全部トッピングしてください」

「やめろ」

もちろん魔王さまに却下されたけどさ。

結局わたしはマシュマロにチョコ、あとクッキーをトッピングした、二段重ねのアイスクリームを頼んだ。

どこで食べようか迷ったけれど、お店の前に広場があったのでそこのベンチに座って食べることにした。

「ティアナに怒られそうだから、二段重ねにしたのは内緒にしておけよ」

「わかった」

うんうんと頷《うなず》いて、目を輝かせてアイスクリームをぺろぺろ舐《な》める。

お、美味《おい》しい〜。

そもそも人間界にはアイスクリームなんてものはない。

わたしも魔界に来て初めてその存在を知った。

冷たいお菓子が食べられるだけで幸せだ。

アイスにはしゃいでいるわたしの横で、魔王さまも紙のカップに入ったレモンアイスをスプーンですくって食べていた。

紙カップで食べるとは邪道な。

同じ値段なら、絶対コーンで食べる方がいい！

お上品な魔王め〜。

わたしの心が透けて見えていたのだろうか。

バニラアイスをほおばるわたしを、魔王さまはじーっと見ていた。

またいつものやつだ。

「なぁに？」

首をかしげる。

魔王さまは少し思案顔をしてから、ちゅ、とわたしの唇の横にキスをした。

「！」

それからぺろ、と自分の唇を舐める。

「こぼし過ぎだ」

どうやらわたしの口元に、食べかすがついていたらしい。

ほっぺがカッと赤くなる。

けれど不思議なことにその行為は嫌じゃなかった。

「……魔王さまって、ロリコンって言われるでしょ？」

ちら、と魔王さまを見上げながら言う。

わたしじゃなかったらどうなっていたことか。

すると魔王さまは悪戯《いたずら》っぽく笑った。

「手が塞《ふさ》がっているものでな」

お前のせいだと言わんばかりに、さっき買ったお菓子の袋とウサちゃんを見せつけられる。

そういえば持つのに疲れちゃって、結局魔王さまに押し付けたんだった。

ごめんウサちゃん。

「こぼさずに食べてくれたら、嬉《うれ》しいんだが」

「気をつけます」

怒られたって、アイスクリームは美味しい。

コーンにかぶりついているわたしを魔王さまはじっと見つめていた。

もう、魔王さまってわたしのことよく見てるけど、そんなにじいっと見てばっかかで何が楽しいのかなぁ。なんだかそわそわしちゃうよ。

二人並んで、ベンチで道行く人々を見ながら穏やかな時間を過ごす。

魔界の街並みは人間界よりもずっと賑やかで美しかった。

見たこともない魔道具や、流行の服装、何よりも魔族たちの楽しそうな顔。

オルラシオンで瘴気《しょうき》の浄化のため各地を巡ったことがあるけれど、どこも飢えや病に苦しみ、生きているのもせいいっぱいな状態だった。

魔界でも王都を離れるとそうなってしまうのだろうか。

アイスクリームをぺろぺろ舐めていると、不思議なことに道行く人々はわたしを見て頰を緩ませ、頭を撫《な》でてくれたりした。なぜかお菓子とかいっぱいくれたり。

人間界にいたときは、こんな風に親切にしてもらえるなんて考えたこともなかった。

「よかったな、プレセア」

「ん？」

魔王さまに抱っこされ、向かい合うようにして膝《ひざ》の上に座らされる。

「魔族たちは、お前のことが好きなようだ……」

「……」

ほっぺを撫でられる。

確かにいろんな人に頭を撫でられるのは嬉しかった。

人間界にいたころはめったにそんなこと、してもらったことがなかったから。

でも今はそれよりも魔王さまのことが気になって仕方ない。

なんだか。

よくわかんないけど。わたしの思い過ごしかもしれないけど。

こういうのって、こういうのって。

恋人みたい……だよね？

魔王さまはその日、わたしをいろんなところに連れて行ってくれた。

子どもっぽいなぁと思いつつも、人間界にはない面白そうなおもちゃを売っているおもちゃ屋さんにも行った。

いやこれがまた楽しいんだな、一日中だっていられちゃう。

そこでベッドに置く新しいぬいぐるみ（ハム）も買ってもらった。

「この子、魔王さまのこどもー？」

おもちゃ屋さんをうろうろしていると、子どもに絡まれた。

「知り合いの子どもだ。仲良くしてやってくれ」

魔王さまはさすがにわたしをペットだとは言わなかった。

子どもの教育に良くないと思ったのかもしれない。

魔王さまはわたしを子どもたちの前に押し出した。

元気いっぱいで人懐っこい子どもたちは、わたしをぐいぐい引っ張る。

「ねえ、あそぼうよー！」

びっくりして、わたしは魔王さまの足にしがみついた。

「ねえ、名前はなんていうの？」

「プ、プレセア、だけど……」

「プーちゃん?」

「ププー」

うわ、すごいあだ名……。

「あっちいこ。ボードゲームしよ!」

「ちがうよ、車遊びするんだよ」

「家族ごっこするの!」

「ちょ、ちょっと⁉ うわ、ひっぱらないでってばー!」

子どもの行動は全く読めない。

天真爛漫《てんしんらんまん》で、あっちへこっちへとわたしをぐいぐい引っ張る。

「うへぇ〜」

よく分からないけど、わたしは子どもたちに好かれたみたいだ。

こんなにたくさんの純粋な好意を向けられたのは初めてかもしれない。

もちろん、子どもたちにはもみくちゃにされた。

子どもの面倒見るのって大変だなって思いつつも、そんなに嫌じゃなかった。むしろ楽しかったような……(わ、わたし自身が子どもっぽいからじゃないからね!)。

子どもたちにくっしゃくしゃにされたあと、魔王さまはそのままわたしを服屋さんに連れて行ってくれた。服はもういっぱいあるからいいって言ってるのに、魔王さまは容赦なくわたしの新しい服を買った。着せ替え人形のようにお店の人にたくさん服を着せられて、それはもう本当に大変だった。お店の人もキャーキャー言いながらノリノリで着せ替えてくるので、なんだか疲れた……。

あ、でも気に入った買い物もあったよ。

ハート形の小さな赤いポシェット。

これは小さく見えて中にたくさんのものが入るから、なかなかいい買い物だと思った。

◆

魔王さまと手を繋《つな》いで街をぶらぶらしていたら、魔王さまは突然わたしを抱っこして、転移魔法を使った。

「ねえ……ここ、なに……？」

行き先は街から少し離れた山の麓《ふもと》。

まぶたを開けると、目の前には白くて長い階段があった。

その先を見上げると荘厳な石造りの神殿が。

あまりにも立派で、わたしはポカンと口を開けてしまったのだった。

「エルシュトラ神殿――魔界の女神を奉る神殿の総本山だ」

「エルシュトラ……」

「お前たち人間は、確かセフィナタ神を信仰しているんだったな」

セフィナタとエルシュトラ。

この二柱の神は、人間界と魔界を生み出した夫婦神と言われている。

けれどわたしたち人間は決して、エルシュトラを神として信仰してはいけない。

なぜならわたしたちはセフィナタ神を唯一の神として崇めなければならず、エルシュトラは欲望に満ちた女悪魔だと教えられてきたからだ。

「……」

わたしは神殿を見て戸惑っていた。

魔界の人々はエルシュトラ神を信仰しているのか。

だったらわたし、なんだかここにいちゃいけないような……。

「神殿の中を見せようと思ったんだが、行きたくないか？」

魔王さまはわたしを見て、首をかしげた。

「わたし……」

本来なら敵対関係にあるはずの神をまつる総本山に入るなんて、あまりよくないことなのかもしれない。けれど、どうしてだろう。わたしはこの場所が嫌いじゃなかった。むしろこの場の空気は清涼で、とても心地よかった。まるであの神殿の中へ呼ばれているみたい。

わたしは魔王さまに返事もせず、ふらふらと歩き出した。

「こら」

手をつかまれて、ハッと我にかえる。

「階段は危ない」

そう言って、魔王さまはわたしを抱っこした。


「きれい……」

神殿の中には誰もいなかった。

今日は閉殿の日にあたり、本来なら関係者以外立ち入り禁止なのだという。

しかし魔王さま特権で特別に祈りの間へ入れてもらったのだ。

祈りの間は、非常に美しい空間だった。

天井近くまで嵌《は》め込まれた精緻《せいち》なステンドグラスから、柔らかな日の光がこぼれ落ちている。

その光を浴びて輝くのは女神の彫像だった。

人間界ではセフィナタ神を信仰しているため、エルシュトラ神は醜く描かれることが多かった。

けれどここにある女神の彫像はとても美しく崇高なもののように見えた。

魔界の人々が崇める神とはなんなのだろう。

わたしたち人間の崇める神とは、何が違うのだろう。

ふとそんなことを考える。

「珍しいか」

会衆席に腰をかけていた魔王さまがそう問いかけてきた。

「うん……」

心ここにあらず、といった様子で答えると魔王さまが首をかしげる気配がした。

「なぜそんなことをしている？」

「……え？」

なんの話だろう。

「なぜ膝をついているのかと聞いている」

「あっ……」

ぎょっとして、わたしは慌てて立ち上がった。

無意識についい癖で、膝をついて神に祈る体勢をとろうとしていたのだ。

十年近く祈り続けてきた癖が、体に染みついてしまっているのだろう。

「に、人間界では、こうやってみんな祈るから……」

適当な言い訳をする。

聖女だってバレたらどうしよう。

心臓がばくばくしたけれど、結局魔王さまはそれ以上深く追及してはこなかった。

「お前たちの世界と魔界では、どれだけ世界創造の神話が違うのだろうな」

「……魔界には、どんな神話があるの？」

恐る恐るそう聞くと、魔王さまは目をつぶって説明してくれた。

――いわく。

その昔、二柱の創生神が仲良く手を取り合って二つの世界をお創りになった。

力は弱いが、協力し合うことで絶大な力を生み出す人間の住む『人間界』。

一人一人が強く、生まれながらにして魔力と言われるエネルギーを持つ魔族の住む『魔界』。

女神によって創生されたこの魔界は、個々の力を競い殺し合いが勃発《ぼっぱつ》する、争いの絶えないひどい世界だった。

あるとき、女神は荒れ果てた世界を嘆き、北、南、西、東、合わせて四つの大陸から一人ずつ魔族を選出し、自らの血肉を分け与えた。

女神の血を体内に宿した者。これがいわゆる『魔王』である。

魔界に住む魔族たちには自然と創生神を敬う本能が備わっている。

それゆえ、魔族たちは女神の血とエネルギーを与えられた『魔王』を敬うようになった。そして魔族たちは争うのをやめ、それぞれの大陸に君臨する『魔王』に付き従い、尽くすようになったのである。


「え、待って待って、ちょっと、ストップ」

今まで聞いたことがなかった壮大な話をいきなり聞かされて、わたしは混乱してしまった。

「なんだ」

混乱するわたしを見て魔王さまは首をかしげる。

「魔王さまって四人もいるの？」

「ああ、そうだ」

「一人じゃなかったの⁉」

魔王さまはため息を吐《つ》いた。

「この世界をたった一人で管理できるわけないだろう。俺は西の大陸を管理する魔王だ」

え、ええ〜⁉

わたしゃてっきり、魔界を治めるのはあなただけなのかと……。

「じゃああと三人、魔王がいるの？」

魔王さまは頷《うなず》いた。

「北と南は男の魔王が、東は女の魔王が治めている」

「そうだったの⁉　四人で仲良く世界を管理してたってこと？」

「……別に仲がいいわけじゃない。南のやつは気に食わん」

な、なんか喧嘩《けんか》でもしたのかな。

南、と言ったときだけ、魔王さまは不機嫌そうな顔になった。

「大陸ごとに風土も文化も違う。俺は東が気に入っている。面白いものが多いからな」

「面白いもの……？」

「今度連れて行ってやろうか」

魔王さまは笑って言った。

「！　ほんと？」

「ああ」

わたしは子どものようにぴょんぴょん跳ねた（いや子どもなんだけどさ……）。

なんだか一気に世界が広がったような気がする。

ほんとにわたし、魔界のことなんにも知らなかったんだなぁ。

「魔王さまって、女神さまの血を受け継いでたんだね」

「そうだが」

そうだがって……。

なんか軽……。

「女神さまの血が入っているから、みんなは魔王さまに従うの？　命令したら本当になんでも言うことを聞いてしまうの？」

「……ああ。言葉に力を込めれば、魔王以外はどんな命令にも従わせることができる。だが無理やり従わせることはしない。問題が起きれば話し合って解決すべきだろう」

「へえ～」

そっか。だから魔王さまのお城は、あんなに見張りが少ないんだ。だって見張る必要なんかないもの。誰も魔王さまに逆らえないなら、害することだってできないはずだ。

「……昔は、ここまで平和じゃなかった」

魔王さまは考え込むように口をつぐんだ。

それからわたしをちらと見て、迷いながら話す。

「初代の魔王が生まれてから、ここまで大陸の治安を安定させるのに随分と長い時間を要した」

「なんで？」

「……魔王の治世に反対する者がいたからだ」

反対する者……。

「その、反対していた人たちは今はもういないんだよね？」

「……さぁ、どうだろうな」

なんか怖い話だなぁ。

人間界も魔界も同じような不安があるんだね。

「魔王さまって、なんかすごいね。ますます遠い存在に感じるよ」

わたしが感心しきってそう言うと、魔王さまは呆《あき》れた顔をした。

「お前、俺のことを魔王、魔王と呼ぶがな」

「？」

「俺は魔王という名前じゃない」

ぷい、と魔王さまはそっぽを向いて言った。

「俺にも名前がある」

「そ、そういえば！」

今まで一回も聞いたことなかった……。

「俺に興味がないんだな」

「そ、そんなことないよ」

わたしを助けてくれた魔王さまだもん。

そりゃあ、わたしだって興味津々ですよ。

「名前、教えて？」

「教えない」

「なんでよ」

「ごくごく普通の、ありふれた名前だから。どうせお前は興味ないんだろう」

あれ、なんだろう。

魔王さま拗《す》ねてる……？

初めて見る魔王さまの態度が、ちょっとおもしろかった。

そのあとはいくら問いただしても、結局名前は教えてくれなかった。

いいもーんだ、あとでティアナに聞くからさ。

「でもやっぱり、人間界で教えられてきた歴史とは、全然違うよ」

わたしは会衆席にぽん、と腰をかけてそう言った。

目の前の美しい彫像を見上げる。それは女悪魔などではなかった。とても清らかで誇り高い、女神エルシュトラ。

壁にはめ込まれたステンドグラスにも、同じように美しい女神が描かれている。

「あれ……？」

ふと、一枚のステンドグラスに目が留まった。

それは女神が小さな赤ん坊を一人の男性に手渡している図だった。黒い髪に黒い瞳《ひとみ》。きっと男性は、女神の血を継いだ初代の魔王なのだろう。

けれどなぜ、女神さまは魔王に赤ん坊を受け渡しているの……？

「魔王さま、あれはなぁに？」

そう尋ねると、魔王さまはわたしが指差した方を見てから悲しげに目を伏せた。

「……なんだと思う」

そう聞かれてわたしは首をかしげる。

「うーん？　なんだろ。なんかのメタファーみたいな感じ？」

女神さまがこう、神秘の力的なものを魔王に渡している、みたいな？

「……いいや」

魔王さまは静かに否定した。

「あれはただ、ありのままの事実を描いただけだ」

「……？」

よく分からない。

なんで女神さまは魔王に赤ちゃんを渡しているのだろう。

なんで魔王は愛おしい目をして、赤ちゃんを見ているのだろう……。

「よくわかんないよ」

むくれてそう言えば、魔王さまは静かに言った。

「……一度に色々なことを覚えなくてもいい。ゆっくりこの世界のことを知っていけ」

そんなこと言われたって気になるよ。

だって魔王さまの話と、わたしが人間界で聞いた話は全然違うんだもん。

「わたしの世界ではさ……」

そう言って、ふと言葉が詰まった。

「わたしの、世界では……魔族は、魔王さまは、残酷で……」

「……」

「それで、わたしたちが……」

聖女がずっと結界を張ってなきゃいけないって。

そうじゃないと、魔族たちが攻めてくるから。

瘴気《しょうき》が、人間界に侵食してくるから。

「……魔王さまは人間界が欲しいの？」

おそるおそるそう聞いた。

「お前たちの世界では、そう言われているのか」

「……違うの？」

魔王さまは言葉を選んでいるようだった。

なぜ、そんな風に濁しているの？

それ以上聞くのが怖くなってきた。

――魔王さまは、冷酷で、残酷なはずで。

人間にとって悪い生き物のはずだった。

けれど実際にわたしの目の前にいる魔王さまは、わたしにひどいことなんて何一つしなかった。

むしろ……むしろ、人間界でわたしの周りにいた人たちのほうが冷酷だった。

もうわたしはとっくに気づいている。けれどそれを言葉にするのが恐ろしかった。

「もう行くか」

魔王さまは話をぶった切って、いきなり立ち上がった。

わたしもこくんとうなずいて、そのあとに続く。

魔王さまはわたしとしっかり手を繋《つな》いだ。

その手はとても、あったかかった。

わたしは魔王さまの手にすがるようにして、ゆっくりと歩き出す。

考えることが少し怖い。

わたしが十年間教えられてきたことが、全部間違いだったのだとしたら。

わたしは。わたしはなんのために。

わたしの十年間は、一体――。

◆

神殿から出たあと、魔王さまは用事があると言って再び街へ転移した。

ここは職人街らしい。なんだか面白そうな魔道具を売るお店がたくさん並んでいる。針が何本もある時計に、不思議な図が描かれた水盆、支えもないのにふわふわと浮いている天球儀。職人街に軒を連ねるお店にはいろんな商品が置いてあって、見ているだけでとても楽しかった。

魔王さまはわたしの手を引いて、立ち並ぶお店の中でも特に古そうな雑貨屋さんのような場所へ入った。お店の中には所狭しといろんな魔道具が置いてある。

変なものがいっぱいあって面白い。

「なにこれ、すごいー！」

綺麗《きれい》なランプを発見して、それに手を伸ばす。

すると……。

「何をしとるんじゃ‼」

「うわっ⁉」

暗闇の中からぬうっと出てきた小柄な老人に、腕をぐいとつかまれた。

「盗みか⁉　あぁん⁉　このクソガキめ‼」

「ちょ、やめてよ！　盗みじゃないってば！」

何このじじい！

見てただけじゃん！

わたしがバタバタ暴れると、腰を魔王さまに引っ張られた。

そのまま抱っこされる。

「こいつは盗人《ぬすっと》じゃない」

魔王さまが落ち着いた声でそう言った。

「そうだそうだ！　このバカじじいー！」

「誰がバカじゃ‼」

「お前も興奮するんじゃない」

魔王さまにほっぺをつねられる。

それでようやく、わたしとじじいはにらみ合いをやめた。

「ここは魔道具屋だ。このじいさんは店主だから、落ち着け」

魔王さまにそう言い聞かされる。

なるほど。

不審者かと思ったら、店主さんだったのね。

「……なんじゃ、オズワルドの坊主か」

じーちゃんは魔王さまを見上げてそう言った。

オズワルド？

「え、魔王さま、オズワルドって名前だったの？」

「……そうだ」

「なんだ、普通の名前だね」

「だからそう言ってるだろうが」

魔王さまは面白くなさそうな顔をしていた。

「魔王の名前も知らんガキとは……」

じーちゃんが訝《いぶか》しげな顔でわたしを見た。

それからハッとしたように魔王さまを見る。

「おい、この娘が……？」

？

わたしがなに？

「……ああ」

魔王さまは静かに頷《うなず》いた。

まるで質問の意味がわかっているみたいに。

「ねえ、なんの話？」

そう聞いても二人に無視されてしまう。

「そうか……このチビが……」

「チビじゃないよ。プレセアっていうの」

ちゃんと名前があるんだから、覚えてよね！

さっきからよくわからないやりとりをする二人に、ぷんぷん怒ってみせる。

じーちゃんはわたしを無視して、魔王さまを見た。

「それで何の用じゃ、まさかまた城の魔導式を壊したんじゃなかろうな」

「違う」

魔王さまが首を横に振る。

「あのときは大変だったからな。庭が破壊されたのも、こんなクソチビのせいだったってわけか」

だ、誰がクソチビですって〜！

このスーパープリチーなわたしに、なんてこと言うのよ！

また怒り出すわたしを魔王さまはどうどうとなだめる。

「こいつは魔力のコントロールが下手《へた》でな。何か、力を制御する魔道具が欲しいんだが」

あれ。魔王さま、わたしのためにこのお店に来たの？

怒りを引っ込めて、魔王さまとじーちゃんを交互に見る。

「ほお、制御する道具、か」

じーちゃんは途端に顎《あご》に手を当てて、何かを考え始めた。

うーん、と唸《うな》っている。

「指輪か……いや、そんなのでは無理だろうな」

わたしたちの存在を無視して、じーちゃんはお店の奥へ入っていく。

「あのじーちゃん、なに？」

その後ろ姿を見ながら、わたしは魔王さまに聞いた。

椅子があったので、魔王さまはわたしを抱いたままそこへ腰を下ろす。

「……あの男は魔道具を作ったり、魔導式の計算をしたりしている。城の一部の魔導式もあいつに書かせている」

魔導式とかよくわからん。

とにかく、なんか職人みたいなものってことか。

「ふーん。変なじーちゃんだね」

「ああ、偏屈なことで有名だ。だが腕は確かだ。信頼に足る魔道具師だな」

へぇ〜。そうなのか。

雑多な店内を見て回りたい衝動にかられたけれど、魔王さまががっしりわたしの腰をつかんでいるせいで膝《ひざ》から降りることができない。

うう、はなしてよぉ〜。

走り回ったりしないからさぁ。

しばらく魔王さまの膝の上でモゾモゾしていると、じーちゃんが細長い箱を持って戻ってきた。

「ほらよ、クソガキ」

そう言ってじーちゃんは箱の中のものをガサガサと漁《あさ》って、わたしに差し出した。

「わぁ、なにこれ？」

それは綺麗な金色の杖《つえ》だった。持ち手の部分は握りやすいように少し膨らんでいて、滑り止めがついている。その先には小さな金の翼が広がっていて、そこから真っ直ぐに柄が伸びていた。杖の先端には大きなマゼンタ色の、キラキラと輝く石がついている。

なんか、すっごく可愛《かわい》いデザインの杖だな……。

「これくらいデカけりゃ、魔力も制御できるじゃろ」

「?」

可愛い可愛いときゃっきゃしているわたしに、じーちゃんは言った。

「なんでもいい。魔法を使ってみろ」

「魔法って……」

魔王さまはやっちゃだめって言ってたけど……。

ちらと魔王さまを振り返れば、彼は頷いた。

「やれ。かまわん」

ほう。

じゃあわたしの十八番《おはこ》、飛行魔法でもご覧にいれましょうか。

魔王さまの膝から降り、杖を持ったまま集中する。

すると杖の先端がまばゆく輝いた。

「!」

「続けろ」

じーちゃんにそう言われて、もう一度集中する。

するとふわりと体が浮き上がった。

けれどいつもみたいに、ガタガタじゃない。

ちゃんとイメージ通りに、ゆっくり、ふんわりと宙に浮くではないか。

「なにこれ、すごい！」

しゃべっても、手を振り回しても、ちっともぶれない。

それどころか微細に浮遊をコントロールすることができた。

「わたし、魔法うまくなったね⁉」

「馬鹿。その杖のおかげだろうが」

魔王さまは立ち上がると、手を伸ばしてわたしを捕まえる。

そのままふわりと魔王さまの腕の中に収まった。

「これすごいね！」

「ふん。わしの魔道具に間違いはないわい」

すごいじゃん〜！

わたしは喜んで杖を振り回していた。

「魔王さま、わたし、これ欲しいよ！」

「それでいいのか？」

「これがいいの！」

お願い〜！　とねだれば魔王さまは少し笑った。

「そうだな。また抱き枕になってくれるなら、買ってやってもいい」

「うんうん！　いいよ！」

そんなのでいいなら、喜んで。

わたしが必死に頷いていると、魔王さまはじーちゃんに言った。

「請求書は適当に城に送っておけ」

「おいオズワルド。その杖、かなり高いぞ」

「かまわん」

後から知ったけど、この杖、ものすごい値段だった。

まあ、魔王さまがいいって言うから、うん。いいんだよ、きっと。

杖を買ってもらってわぁいと喜んでいると、じーちゃんが言った。

「いいか、チビ。この杖はお前が必要とするものに姿を変える」

「？」

「デカくて邪魔なら、縮めと命令してみろ」

「え……？　ち、『縮め』？」

じーちゃんにそう言われて、杖にそう命令してみる。

すると杖はほんのりと光ったあと、どんどん形を変えて縮んでいくではないか！

「わぁ、すごい！」

最終的に杖は小さなイヤリングのような形になった。

「なにこれ、便利だね！」

「他にもいくつかの形態になれる。まあ、危ないから当分はそれだけでええじゃろ」

へえ、他にはどんな形になれるのかな。

気になったけれど魔王さまにも余計なことはするなと言われてしまったので、また今度検証してみよう。

「肌身離さず持っておけよ」

「はーい」

イヤリングを耳に引っ掛けておく。

「ありがとね、偏屈じじい～！」

「だれが偏屈じじいじゃ！」

じーちゃんに頭を叩《たた》かれた。

いてぇ。

じーちゃんはぽつりと言った。

「まあ、腕をつかんだのは悪かった」

わ、謝られた。

「昔……大切な魔道具を盗まれてしまったことがあってな。反射的に、つい、な」

すまんかった。

ともう一度謝られた。

「……いいよ、わたしも偏屈じじいとか言ってごめん」

杖、ありがとう！

そう言って笑うと、今度はくしゃりと頭を撫《な》でられた。

「オズワルドをよろしく頼む」

「？」

どういうこと？

と聞き返す前に魔王さまに遮られてしまった。

「余計なことを言うな」

魔王さまはそう言うと、懐から何かを取り出してじーちゃんに放った。

くの字形の、黒い鉄の塊みたいなものが二つ。

「以前話していた改良を頼む」

「ああ、そういやそんな話をしていたな」

？

なんだろう、これ……。

なんだか……物騒な気配がする。

「これなに？」

「触るな。お前には不必要なものだ」

わたしが手を伸ばすと、魔王さまはそれに触れさせないよう、わたしを引き離した。

「魔弾の装填《そうてん》数を増やしたい」

「お前なぁ、武器は武器屋に持っていかんかい」

じーちゃんは呆《あき》れながらも、二つの鉄の塊を受け取った。

今の会話でなんとなく察する。

きっとそれは小さいけれど立派な武器で、とても危険なものなのだろう。

「それとプレセアの首輪も改良できないか？」

魔王さまはじーちゃんにもうひとつ注文した。

「今のままでは、もしもこいつが人間界に移動した場合、場所の特定がしづらい。探索機能をもっと強化してほしい」

「！」

な、なに言ってんの、魔王さま。

びっくりして魔王さまを見ると、魔王さまはわたしの耳元で囁《ささや》いた。

「お前を人間界に帰す気はさらさらない。たとえ人間界に逃げたとしても、また取り戻す」

「……わ、わたし、逃げないってば」

気まずくなって目を泳がせる。

「バカモン。注文は一度に一つにしろ」

じーちゃんは渋い顔をして言った。

「どのみち、それ以上は無理じゃ。人間界では探索機能が落ちて当たり前じゃ。世界の理《ことわり》が違うからな。ということで今回はこいつだけじゃ」

じーちゃんは鉄の塊を手にとって、魔王さまを見た。

魔王さまはぴく、と眉《まゆ》を動かしたけれど、それ以上なにも言わなかった。

ふーん、職権乱用はしない派なんだ？

「……ならいい。特急で頼む」

じーちゃんはなにも言わず、手をひらひらと振って店の奥へ入っていった。

すんごく無愛想だ。

お客の見送りもしないなんてさ。

「じーちゃん、ばいばい」

わたしはその背中に手を振っておいた。

じーちゃん、元気でね〜。


お店を出るともう夕方だった。

わたしはなんだか疲れてしまって、魔王さまにおんぶされている。

わたしとウサちゃんを背負って、魔王さまは夕暮れの街を歩く。

お城に帰ることなんて一瞬でできるのに、それをしないのはわたしのためなのかなぁ。

「ねえ魔王さま」

「ん」

「空、綺麗《きれい》だね」

オレンジ色。

燃えているみたい。

「あんまりじっくり見たことなかったから、気づかなかったよ」

わたしは魔王さまにぎゅ、としがみついた。

「空ってこんなに綺麗だったんだね」

「……」

「空気は甘いし、音はね、人の声とか、虫の鳴き声とか、葉っぱの擦れる音。何もないって思ってた場所でも、耳を澄ませば聞こえてくるの」

身の回りの小さなことなんて、ちっとも意識したことなかった。

昔は体が痛くて、意識しようとも思わなかった。

「アイスクリームは美味《おい》しかったし。可愛い杖《つえ》も買ってもらったし。幸せって、こういうこと言うんだろーね」

そう言うと魔王さまは前を向いたまま、いつものように問いかけてきた。

「楽しかったか」

「うん！」

できれば、もっと一緒にいたいなぁ。

気づいたらそんなことを思っていた。

「オズワルド、さま」

そう呼びかけると、魔王さまはびく、とした。

「なんだ、いきなり」

「呼んでみたくなっただけー」

笑ってそう言うと、魔王さまはちらっとこちらを向いた。

「魔王さま、ではなく、たまにはそう呼べ」

「？　名前で呼んで欲しいの？」

「いつもじゃなくていい」

「オズワルド、オズ、オズ！」

「耳元で喚《わめ》くな、うるさい」

「魔王さまが呼べって言ったんじゃん！」

「たまにでいいって言ったろ」

魔王さまはため息を吐《つ》いた。

わたしはくすくす笑う。

「魔王さま、あのね」

「なんだ」

「今日はね、お礼に一緒に寝てあげてもいいよ」

「……よだれを垂らして寝るなよ」

「……ぐう」

「おい」

魔王さまにしがみついたまま、笑う。

「お城に帰ったら、ティアナたちにお土産《みやげ》わたそーね」

「……ああ」

――お城に帰ったら。

ああ、この言葉ってなんかすごく幸せだなぁって思った。

第十四章　聖女を取り戻せ

「殿下、大変です！　神殿に民衆が……！」

エルダーは苦虫《にがむし》を噛《か》み潰したような顔をして、ため息を吐いた。

「……今祈りを捧《ささ》げている最中だ。ヒマリの邪魔をするなと伝えておけ」

苛立《いらだ》ったようにそう言って、執務室に飛び込んできた従者を追い返す。

「くそっ……。どうしてこんなときに『魔物の氾濫期《スタンピード》』が……！」

エルダーは机を叩いて、ぎり、と歯噛みをした。


オルラシオン聖王国には『魔物の氾濫期《スタンピード》』と呼ばれる、魔物が大量発生する時期がある。その発生の仕組みは未だ解明されていないが、一説によるとなんらかの理由で魔界と人間界が接近したときに、魔界から大量の瘴気《しょうき》が漏れ出てくるのだと言われていた。

そしてそんな氾濫期《スタンピード》の時期に、国民を瘴気や魔物から守るのも聖女の役目だった。

プレセアが処刑されてから、初めての氾濫期《スタンピード》がやってきた。

いつものような氾濫期《スタンピード》なら、ヒマリの力でどうにでもなるはずだった。

けれど今回の氾濫期《スタンピード》は違った。

歴代最悪と言われるほど、魔界から瘴気が濃く漏れ出ていたのだ。

原因は分からないが、国内の瘴気濃度が一気に跳ね上がっていた。

それでも死人や怪我《けが》人が出ていないのは、ひとえにヒマリの聖力の強さのおかげなのだろう。

ヒマリは昨晩からずっと、休みもせずに祈りを捧げ続けていた。

ヒマリがいなかったらと考えると、エルダーはぞっとしてしまう。

もしもこれがプレセアだったなら一体どれほどの被害が出ていたのか。

けれどもそれと同時に、エルダーは思っているのだ。

――ヒマリとプレセア、二人がいたらどうだった？　と。


「ですから、殿下。わたくしめは何かあってもいいようにと、申し上げていたのです」

神殿内部。

訪れたエルダーを部屋に招き入れ、大神官は重々しくため息を吐いた。

大神官は立派なヒゲを蓄えた年嵩《としかさ》の男だった。

その周りには何人かの神官がいて、彼らも大神官の意を肯定するかのように頷《うなず》いていた。

「聖女が二人いるのなら、それはそれで良いことではないですか」

「……」

「なにも処刑などしなくても良かったのです」

大神官の苦言を聞きながら、エルダーは隣に座るヒマリに目を向けた。

可哀想に。昨日からずっと祈り続け、疲れ切っているのだろう。ヒマリはぐったりとして、目の下にも濃いクマができていた。

休ませてやりたい、が。

歴代最強の聖力を持つ少女でも現状は辛いのだ。

できれば氾濫期《スタンピード》の間は、ずっと祈りを捧げて結界を強化していてほしい。

「……いつになったら、氾濫期《スタンピード》はおさまるのでしょうか」

震える体でヒマリはそう尋ねた。

「山場は越えたような気がしますが……もしもまた同じような状況になったら、今度は私だけでは守りきれないかもしれません……」

大神官は頷く。

「今回の氾濫期《スタンピード》といい、年々悪化している印象を受けます。ヒマリさまだけで結界を支えるのも、かなり厳しいことでしょう」

「……プレセアさんがどれほど重いものを背負っていたのか、今になってやっと分かりました」

私一人じゃ、支えきれない……とヒマリは呟《つぶや》く。

「ヒマリ……」

エルダーはそんなヒマリを見て眉を寄せた。

「やはり異世界から来たばかりの君に、こんな負担を強いるのは……」

エルダーもヒマリも表情は暗い。

ヒマリは疲れ切ってしまったのか、くたりとエルダーにもたれかかった。

そんなヒマリをエルダーは愛おしげに撫《な》でる。

大神官は二人を見てため息を吐いた。

「殿下……少し、お話が」

「なんだ？」

「プレセアのことについてです」

「……プレセアがどうした。もうこの世にいない女の話をしても、仕方あるまい？」

大神官は少し戸惑ったように言葉を濁した。

「それが……」

「……なんだ？」

「プレセアの胸に刻印がなされていることは、殿下もご存じかと思うのですが……」

「ああ……昔、プレセアが逃げ出そうとした際に刻んだ、あの刻印のことか」

エルダーは眉をひそめた。

その刻印は人間たちが嫌う「魔法」によってなされたものだったからだ。

刻印はプレセアの消息を確かめるためのものだった。

あのときは仕方がなかったのだ。

もしもプレセアが逃げ出したら、追わなければいけないのはこちらなのだから。

「それが……弱いながらも、プレセアの生存反応があるのです」

「！」

エルダーとヒマリの顔に衝撃の表情が浮かぶ。

「生きてるの？　プレセアさんが？」

「嘘だ。この目で処刑されるところを見たんだ」

大神官は首を横に振った。

「いいや。考えてもみてください。プレセアはサークレットを外せば、魔法が使えるんですよ」

「っまさか！」

「可能性は大いにある」

二人の目が見開かれる。

「どこにいるんだ！」

「落ち着いてください」

声を荒らげるエルダーを、大神官は諫《いさ》める。

「生存は確認できたのですが、場所までは特定に至っておりません」

「なぜだ‼　あの刻印は居場所をはっきりさせるためのものなのだろう⁉」

「おそらく……サークレットから解放されたプレセアの魔力が、刻印の魔力をうわまわっているのかもしれません。あるいは、誰かが故意に隠している可能性もある」

「なんだと⁉　一体誰がそんなことをするというのだ！」

「落ち着いてください。わたくしどもも、全力を挙げて捜索しております」

大神官はそう言った後、ちらりとヒマリを見た。

「では殿下……その、プレセアを取り戻す、という方向で良いのですかな？」

「……彼女は罪人だ。しかし、ここで罪を償わせるというのもまた一つの手だ」

「わかりました。それではこちらも、捜索に全力を注ぎましょう」

「……ああ、頼んだ」

エルダーは苛立ったように指をいじった。

「今は隠れていますが、聖力を発動させた場合にあの刻印は一番の力を発揮します」

「言い換えれば、聖力を使わないと捜索は難しいということか？」

「そうなります」

「……それでは遅い。やつがもっと遠くに逃げたらどうする？」

「……彼女は五歳の頃からここで暮らしていました。そんな彼女が外へ放り出されて、うまく生きていけると思いますか？」

「まさか、どこかでひどいことをされてるんじゃ……！」

声をあげたのはヒマリだった。

「私と同じ十五歳なんだもの……」

「ああ、それにプレセアは神殿での贅沢《ぜいたく》が身についてしまっているからな」

うまくやれていないんじゃないか、とエルダーは呟《つぶや》いた。

売春婦に身を落としている可能性も十分にありうる。

髪や瞳《ひとみ》の色が常人と違う娘は、裏では人気があるのだ。

プレセアほどの美貌《びぼう》であれば放っておかれるはずもない。

「ええ、ですから一刻も早く取り戻すべきかと。それに聖力を使わないなんてことはないはずだ。怪我や病気は誰しもつきものですからね」

大神官はしみじみとそう言った。

「取り戻したら、もちろんヒマリさまの役に立ってくれると思いますよ」

「当たり前だ。役に立たないなら捜す必要はない」

エルダーは少し落ち着いたのかぽつりと呟いた。

「あいつはすぐに逃げようとするからな。何か縛るものがあったほうがいいかもしれん」

しばらく考えた後、突然エルダーはヒマリに向きなおって、言った。

「隠していても仕方がないので、一応言っておこう。どうか私を信じて話を聞いてほしい」

「え……？」

エルダーはヒマリの肩をつかんで真剣な表情で言う。

「以前から考えていたことなのだが……もしもプレセアが帰ってきたら、彼女を側妃として娶《めと》ろうかと思っている。子どもを産ませればさすがに出ていこうなどとは思わないだろうからな」

「な……っ」

ヒマリは絶句した。

「心配するな、子を産ませても絶対に後継者にはしないから。あくまでヒマリの手伝いをする召使のようなものだ」

部屋も贅沢も与えはしない、とエルダーは力強く言った。

「……そん、な」

「私の愛は貴女《あなた》だけにあるよ、ヒマリ」

ヒマリは黙り込んでしまった。

「それにヒマリもそちらの方が楽だろう？　プレセアにはずっと祈らせておけばいい。そうすれば貴女ももっと楽に暮らせる」

「殿下……」

「今すぐにとは言わない。でもどうか、考えてはくれないだろうか」

ヒマリはしばらく黙ったあと、頷いた。

「わ、分かりました、少し考えてみます。でも一番に愛しているのは私ですよね？　私を……城から追い出したりは、しませんよね？」

「何を言っているんだ！　そんなことするはずがない。プレセアなんか愛せるはずないだろう」

エルダーはヒマリを抱きしめた。

「それでプレセアは見つかるんだろうな？」

エルダーは鋭い視線を大神官に向ける。

「ええ、刻印が繫《つな》がりさえすれば、あとは簡単です」

大神官は笑う。

「いつものように、脅してやればいいのです」

「ああ……」

エルダーもほくそ笑んだ。

「そうか、なるほど……あいつは妙なところで情が厚いからな」

ヒマリを抱いて、エルダーは呟く。

「……私はやはり二つとも手に入れよう。代替品はあっても困らないのだから」

第十五章　悪夢

「プレセアさま、これ見てくださいっ！」

おやつの時間。

たっぷりのメープルシロップがかかったパンケーキと、あったかいミルクティーを楽しんでいると、バニリィが何やら綺麗《きれい》な包みを持って部屋に入ってきた。

「それなに？」

ティアナとユキも首をかしげる。

「今、街で流行している『マシュマロパジャマ』ですよっ！」

ましゅまろぱじゃま？

「お菓子なの？」

「違いますよぅ」

それ知ってる！　と部屋にいた他のメイドさんたちが叫んだ。

「今王都で大流行してるやつですよ！」

「そうそう。プレセアさまに似合うと思って、予約してずーっと待ってたんです！」

バニリィは意気揚々と包みを開けると、じゃーん！　と中に入っていたものをわたしたちに掲げてみせた。

「マシュマロパジャマウサちゃんバージョン！」

彼女が持ってきたのはすんごくモコモコした素材の、可愛い部屋着のようなものだった。

ふわふわのパーカーとショートパンツ。

フードにはウサギの耳がくっついている。

「へえ、すごいね！　人間界じゃこんな素材、見たことないや」

触らせてもらうと、なるほど。

マシュマロみたいにふわっふわ。

とろけそう……。

「可愛いですね。今、若い娘《こ》の間ではこういうのが流行《はや》ってるんですね〜」

ティアナが感心したように言う。

目を離すとすぐに流行から取り残されちゃうわ、とティアナはぼやいていた。

……ティアナっていったい何歳なんだろ。

魔族と人間じゃずいぶんと寿命や年齢に対する見た目が違うから、もしかしたらかなり年上なのかもしれない。

「プレセアさま、さっそくこれに着替えてみてください！」

「うん、ありがと」

ふわふわのパジャマに袖《そで》を通す。

よく見るとショートパンツにはウサギのしっぽもついていた。

凝ってるなぁ。

「きゃー！　可愛いー！」

バニリィとティアナがぱちぱちと拍手した。

「プレセアさま、よくお似合いです……」

ユキも珍しく手を叩《たた》いている。

「ほら、バニリィとおそろいだよ」

耳を手で持って伸ばしてみせる。

おお、ここもふわふわだ。

「プ、プレセアさま」

「なに？」

「ぎゅーってしてもいいですか？」

バニリィがキラキラした目で聞いてくる。

「どうぞ」

「うひゃ〜」

バニリィはわたしをむぎゅう、と抱っこした。

「か、可愛い‼　小さい！」

そりゃ体は五歳だもんね。

「ずるーい！」

他のメイドさんたちもわたしを取り合って押し合いへし合いしている。

ほれほれ、わたしのために争わないで！

なんてのんきなことを考えていると、ティアナが微笑《ほほえ》んで言った。

「こんなに素敵なプレセアさまを見たら、陛下も喜ばれるのでは？」

「魔王さまが？」

「はい」

魔王さま、これ見たらなんて言うかな……。

もしかしたら、可愛いって言って撫《な》でてくれるかも！

「……うん。魔王さま、これでお出迎えしてあげる！」

名案だというようにわたしは顔を輝かせた。


その日の夜。

もう少しで魔王さまが帰ってくるからと、わたしは魔王さまの寝室で待つことになった。

わっはっは。

こんなにキュートなわたしがお出迎えしてあげようじゃない。

びっくりさせてやるわ！

と息巻いていたけど。


「もお〜、こないじゃん〜！」

わたしはベッドでゴロゴロと駄々をこねていた。

魔王さま、いつまでたっても帰ってこないのだ。

「魔王さまのあほあほあほあほあほ〜！」

ばしばしベッドを叩く。

「なかなか帰ってこられませんね」

ティアナも眉《まゆ》を寄せる。

「プレセアさま、そろそろお部屋でお休みになりますか？」

「んー……まだ起きてるからいい」

こうなったら意地でも待ってやる！

とベッドにしがみつく。

ティアナも無理にわたしをベッドから引き離すようなことはしなかった。

「それじゃあプレセアさま、私は少しだけ用事があるので、ここで待っていてくださいね」

「うん」

まだ仕事が残っているのか、ティアナは一礼して部屋を出ていく。

わたしはぷんすかとベッドでゴロゴロしていたけれど、だんだん眠くなってきた。

「魔王さま……」

シーツにしがみついてぽつりと彼を呼ぶ。

魔王さまに会いたくて拗《す》ねるなんて、ここへ来たばかりのころじゃ考えられなかった。

けれど今はふとした瞬間に魔王さまのことを考えてしまう。

一緒にいると楽しい。

すごくホッとする。

だから、一緒にいたい……なんて。

「ん……」

シーツにしがみついたまま、わたしはいつの間にか眠ってしまった。

◆

ティアナがプレセアのもとに戻ってくると、ベッドのそばにオズワルドが立っていた。

「まあ、陛下。お帰りなさいませ」

「……ああ」

オズワルドはティアナを見ない。

一心に何かを見つめている。

（あれ……そういえばプレセアさまは……）

ティアナがベッドの上を見ると。

ピンク色のもこもこした何かが、ベッドの上で丸まっている。

シーツにしがみついて眠っているらしい。

フードについたウサギの耳が、びたーんとシーツの上に伸びていた。

「あら」

プレセアはどうやら眠気に負けてしまったらしい。

それにしてもすごい寝方だ。

座ったまま、体がだんだんと倒れてああなってしまったのだろう。

「……可愛い」

オズワルドがぼそっと呟《つぶや》く。

「陛下を待ちくたびれてしまったんですよ」

ティアナは苦笑した。

「そうなのか。なんだ、この服は」

「今王都で流行っているんですって。バニリィが買ってきたんです」

オズワルドはそろりとプレセアに手を伸ばす。

もふ、とパジャマに指が埋もれた。

「ん……」

びく、と震えるウサギ。

「プレセア……」

ちんまりしたその生き物をオズワルドはゆっくりと腕に抱いた。

「んん……」

腕に抱いたプレセアを見つめていると、桃色のふくふくしたほっぺを胸にすりつけてくる。本当に小さな動物みたいだ。

オズワルドは我慢できなくなって、プレセアの頬をつついた。

ずっと療養させていたおかげか、プレセアはずいぶんと健康的になっている。

「んー……」

ふにふにされていたプレセアだったが、突然キレた。

「もー！　やだっ！」

オズワルドはびく、と震えた。起きたのかと思ったのだ。

しかしプレセアはどうやら寝ぼけているだけのようだった。

「まおーさまのあほぉ」

寝ているところを邪魔されてぐずりはじめる。

「プレセアさまは眠いと機嫌が悪くなってしまわれるので……」

ティアナが苦笑して、オズワルドからプレセアを受け取った。

よしよしとあやせば次第にぐずりは収まっていく。

「寝かせておけ」

ティアナはうなずくと、ゆっくりとプレセアをベッドに横たえた。

そっと毛布をかければ、ごそごそと身じろぎしてシーツにしがみつく。プレセアはくうくうとすっかり寝入ってしまった。

「あらあら」

ティアナも慣れたものだ。

「我が物顔で寝てるな……」

シーツにしがみついて眠るプレセアを見て、オズワルドは呟いた。

「小動物みたいだ……」

「幼子ですからね」

まんまるになって眠るのは、何かを警戒しているからなのだろう。

無意識なのだろうが、未だに心の緊張が解《ほぐ》れないのであろうプレセアを見て、ティアナは少し切なそうな顔をした。

「プレセアさま……」

プレセアの頭を撫でる。

「んんぅ……」

プレセアは深い眠りに落ちてしまったのか、反応は鈍い。

「このまま、ここで寝かせても?」

「ああ、好きにさせておけ」

大陸を統べる魔王のベッドを我が物顔で占領する少女。

けれどオズワルドは、けしてそんな少女を怒ったりしなかった。

「悪かったな……」

ベッドに腰をかけてプレセアの頬を撫でる。ティアナは少し驚いた。オズワルドが珍しく、切なそうな表情をしていたから。

「陛下」

「なんだ」

「プレセアさまは……」

ティアナは何かを言いかけて、やめた。それから少し経ってようやく言葉を続けた。

「……プレセアさまは、皆に深く愛されています。今日もみんな、プレセアさまを抱っこしたいと取り合いになっていたんですよ」

「そうか」

オズワルドは微笑んだ。

「……プレセアさまは皆に愛されるために生まれてきた存在です。プレセアさまは、あなたの唯一の……」

そう言葉を紡ごうとしたところで、プレセアがまたぐずり始めた。

「大丈夫だ、ゆっくり眠るといい……」

オズワルドはぐずるプレセアの頭を撫でてあやしてやった。

プレセアを見つめる瞳《ひとみ》には熱が篭《こ》もっている。

「陛下……」

ティアナは思う。こんなに愛おしそうな表情をする魔王は見たことがないと。

そんなティアナの心境も知らぬまま、オズワルドはプレセアを一心に見つめていた。

まるでその瞳に、プレセアの姿を焼き付けるかのように。

◆

幸せな夢を見ていた。

魔王さまがわたしと一緒に、野原で遊んでくれている。

花を集めて一生懸命、花冠を編む。完成したものを魔王さまの頭に載せると、上手だなと褒めて頭を撫《な》でてくれた。

すごく嬉《うれ》しくてわたしはぎゅ、と魔王さまに抱きついた。ほっぺをすり寄せたら、まるで宝物を扱うみたいに大切そうに抱きしめてくれる。

あったかい。魔王さまの腕の中はすごく安心する。

わたしはやっと、自分の気持ちを理解できた。

わたしは魔界にずっといたいんだ。

魔王さまやティアナたちが、大好き。

自分の居場所が、ようやく見つかった気がした。

人間界では何をやっても誰にも認められなくて。生きている意味もよくわからなかった。

ずっと自分の居場所に疑問を感じていた。

けれどここではもう、そんな疑問を感じることもない。

わたしの居場所はきっとここだったんだ。


——あなたがそう思っても、あの人たちはそうは思ってないに決まってるじゃない。


「！」

魔王さまの腕の中で微睡《まどろ》んでいたら、突然胸の中に冷たい声が流れ込んできた。

ハッと目を開ければ、いつの間にかそこは真っ暗な世界になっている。

魔王さまもポカポカした野原も消えてしまっていた。

まただ。いつか見たあの夢の続きだ。

サークレットの痛みから解放されても、今度は悪夢がわたしの睡眠の邪魔をする。一体この悪夢はなんなのだろう……。

闇の中で目を凝らすと、闇よりもいっそう深い漆黒の人の形をした影がわたしの前に姿を現した。

「ねえ！　なんでここにいるの！　あなたは一体何者なの？」

どうしてわたしの心の中にいるの？

何が気に食わなくて、わたしにそんなことを言うの。

——どうしてって。あなたが自分に嘘ばっかりついているからじゃない。

「！」

嘘なんかついてない。

——可哀想なプレセア。嘘ばかりついて本当のことに気づいていない。

影はパックリと赤い口を開けて笑った。

——あなたは誰にも愛されない。

——あなたに居場所なんかない。

——あなたは不幸が当たり前。そういう生き物だもの。

「違う！　わたしの居場所はここなの！　魔王さまだって、ティアナだって、わたしのこと好きって言ってくれたもん！」

——今までだってそうだったじゃない。あなたのこと、好きになってくれた人なんて本当は一人もいなかった。

ひゅ、と喉《のど》から変な音が出た。

胸が苦しい。見れば、心臓の真上の皮膚に黒い紋様のようなものが浮かび上がっていた。紋様からじわりと黒い棘《とげ》のある蔓《つる》が伸びてきて、体を覆っていく。

痛い。苦しい。助けて。

——あなたの好きな魔王さまも、本当はあなたのことなんか嫌いなのよ。

影が笑う。

ハッと気づくと、遠くから魔王さまがこちらを見ていた。

ティアナも一緒にいる。二人はこそこそと何かを話して、こちらへ背を向けた。二人とも、わたしを置いて闇の中を進んでいく。

「待って！　お願い！　行かないで！」

体を前に進めようとしても、紋様から伸びた蔓がわたしをがんじがらめにして、前に進めなかった。追いかけようともがくたび、体に傷が増えていく。

「待って、待って……」

闇の中にわたしの泣き叫ぶ声と、ケタケタと笑う女の声だけが響いていた。

◆

「っ！」

目が覚めると見慣れない天井が目に入った。部屋には明るい光が満ちている。

「はぁ、はぁ……」

心臓がバクバクして、息が切れていた。まるで全力疾走した後みたいだ。

「夢……？」

先ほどまでの恐ろしい出来事が全て夢だとわかって、わたしはゆっくりと息を吐いた。

わたし、悪夢を見ていたんだ……。

「プレセア、大丈夫か」

「ま、まお、さま……？」

どうやら魔王さまがわたしを起こしてくれたらしい。

ああ、そっか。わたし昨日、魔王さまを待っていてそのまま眠っちゃったんだ。

「怖い夢を見たのか」

「まお、さま……」

汗で濡《ぬ》れた前髪をかき分けて、魔王さまがわたしの額に手を置いた。

「わたし……」

ベッドに腰をかけて心配そうにこちらを見る魔王さまに、少しホッとする。

「大丈夫だ。ここには怖いものは何もないから」

「ん……」

起き上がって魔王さまにぎゅ、としがみついた。夢の中と同じでとてもあたたかい。

けれどあたたかいからこそ、不安になってしまう。

もしも捨てられちゃったら、どうしようと。

また居場所がなくなってしまう。

わたしは一度、魔王さまに与えられたぬくもりの心地よさを知ってしまった。だからそのぬくもりを失うのが恐ろしいと、強く感じてしまうのだ。
汗で濡れた部屋着のジッパーを下ろして、胸を確認する。
……よかった。あの紋様は浮かんでいない。
けれどホッとする間もなく、あの女の声が耳に蘇《よみがえ》った。

——あなたは不幸が当たり前。そういう生き物だもの。
——あなたに居場所なんかない。
——あなたは誰にも愛されない。

ぎゅ、と耳を塞《ふさ》いだ。
違うってわかっているのに、怖くて仕方がない。
一人きりの闇の中へ戻るのは、もう嫌だ……。

第十六章　愛を試す

「んー、熱があるのかしら」

「大丈夫だってば」

ポカポカとした日差しが気持ちいい、ある日の午後。

わたしはお散歩したいとねだって、ティアナと手を繋《つな》いでお城の中を散策していた。

けれどどうもわたしの様子がおかしいと思ったのか、ティアナはさっきからわたしのおでこに手を当てて熱を測っている。

わたしは頬を膨らませて、首をぶんぶんと横に振った。

「今日も元気いっぱいだもん」

「でもプレセアさま、少しお元気がないように見えます。やっぱりお部屋に戻りましょうか」

「大丈夫なの！」

最近はいつもこんな感じ。

本当のことを言うと、ティアナの言う通りあの怖い夢を見てから少し元気がない。

魔王城を追い出された自分の姿を何度も夢に見てしまう。

普段通り振る舞ってはいるものの、やっぱりみんな、わたしに元気がないことに気づいているのだろう。

熱はないか、病気じゃないかといろいろ診察されたけど、特に悪いところはなく。なんだかしょんぼりしたわたしを見て、どうしたのかしら？　とみんな首をかしげていたのだった。

「じゃあ、陛下のところへ行きますか？」

部屋には帰らないの！　とぐずっていると、ティアナがそう聞いてきた。

魔王さまの顔を見れば少しは元気になると思ったのかもしれない。

……魔王さまのとこ、行きたい。

わたしはこくんと頷《うなず》いて、ティアナの手を引っ張った。

魔王さまがお仕事をしているときは邪魔をしちゃいけない。だけどなんだか最近は魔王さまと一緒にいたくて仕方なくて、わがままを言ってしまうのだった。

執務室に入れてもらうと、わたしは魔王さまに抱っこをねだった。

そのまま膝《ひざ》の上に乗せてもらい、ふうと息をつく。

「申し訳ございません、陛下」

「いい。このままここで見ているから、ティアナもエリクも少し休憩してこい」

魔王さまはわたしを膝に乗せたまま仕事をすることにもう慣れてしまったのか、二人にそう命じた。

ティアナなんて、わたしにつきっきりだもんね。少し休憩してくればいいよ……。

二人は顔を見合わせて、魔王さまに退室の挨拶《あいさつ》をすると部屋を出て行った。

「……最近、元気がないな。どうした?」

「なんでもないよ」

ふるふると首を横に振る。

「悪戯《いたずら》でも隠してるのか?」

「そ、そんなわけないじゃん」

魔王さまは書類に目を通しながら、ちらとわたしを見て呟《つぶや》いた。

「隠さず、なんでも言ってしまえばいいのに」

「……」

魔王さま、本当に不思議な人だ。

なんでも、それこそわたしの正体まで見透かされている気がする。

魔王さまの腕の中にいると安心して、なんだか眠くなってきてしまった。

「眠いのか?」

「ううん……」

眠くない、ここにいたいと魔王さまにしがみつく。

「まお、さま……」

魔王さまは少しだけ考えて、わたしを部屋にあるふかふかのソファに寝かせた。

「ここにいるから」

上着をかけてもらうと、魔王さまの匂いがしていっそう眠くなった。

「昼寝の時間だ。少し眠るといい」

「ん……」

魔王さまがそばにいる。

それだけで安心して、ころっと眠ってしまいそうになった。

ほっぺたを撫《な》でられて、クスクスと笑う。

しばらく頬を撫でられているうちに、わたしはゆっくりと眠りの底へ落ちていった。


リリリ、と遠くでベルの音が鳴っている。

薄《うっす》ら目を開けると、魔道通話機のベルが震えているのが見えた。

魔王さまは何かを話したあと、わたしの姿を少し見てから受話器を置いた。

わたしが眠っているのを確認して、部屋の外へ出て行ってしまう。

何か用事ができたのかもしれない。

「……」

ゆっくりと周りを見てみた。

お昼の明るい日差しを受けて、磨き込まれた家具はピカピカと輝いている。

穏やかで静かな時間。

ぼうっとしていると魔王さまの机の上に、キラキラと光るきれいなガラスのインク瓶があるのを発見した。

以前に大切なものだと言っていたことを思いだす。

もしもわたしがこれを割ったら。

魔王さまはわたしを追い出すだろうか。

ティアナはわたしを嫌いになるだろうか？

「……」

わたしはそっと起き上がった。

ヨタヨタと机まで歩く。

背伸びして、机の上に手を伸ばして、インク瓶を手に取る。

緻密《ちみつ》な細工の施されたその瓶は、ひんやりと冷たかった。

◆

「エテル夫人も本当にヒステリックだな。余計な謁見は避けたいと言っているのに」

「す、すみません陛下、お手を煩わせてしまって……」

執務室に魔王さまが戻ってきた。エリクと、それからわたしを回収しに来たのであろうティアナを伴って。

わたしは机の前でつっ立ったまま、三人を出迎えた。

魔王さまはわたしを見て眉《まゆ》をひそめる。

言葉を発しようとして、はたと止めた。

磨き抜かれた床には、黒いインクが飛び散っている。

砕けたガラスが黒い水たまりの中でキラキラと輝いていた。

インクは毛足の長いカーペットの上にも黒いシミを作っている。

「まあ、プレセアさま……っ」

ティアナとエリクが驚いたように目を見開いた。

こちらへ駆け出そうとするのを魔王さまが手で制する。

しばらく、部屋に沈黙が落ちた。

わたしはスカートをぎゅ、と握りしめた。

「い、インク瓶、割っちゃった」

どんな顔されるんだろう。

「魔王さまの大事な、お仕事の」

「プレセアさま……？」

わたしの様子がおかしいことに気づいたのだろう。

ティアナは唖然《あぜん》とした顔でこちらを見た。

怖くて手が震えてしまう。

魔王さまの大切なインク瓶を割ってしまった。

「じ、自分で、やったの」

息を呑むような声が聞こえてくる。

「わざとやったの。こ、困らせようと思って……。インクがなくちゃ。インクで汚れちゃ。困るでしょ？」

こんな性格の悪いわたしは、もう嫌いになる？

出て行けって言う？

捨てる？

……どうしてこんなことしちゃうんだろう。自分でも自分がよくわからない。

だけど人間界にいた頃にこんなことをしたら、打《ぶ》たれて、折檻《せっかん》されて、出て行けと罵《ののし》られていたはずだ。実際には出ていくことなんかできなくて、ただ冷たい視線を浴び続けるだけだっただろうけど……。

魔王さまだって、こんなことをしたらわたしを嫌いになるに決まってる。

わたしなんかもういらないって言う。

怖い。そう思うのに、試すことをやめられない。

魔王さまは静かに近づいてきた。

手がこちらに伸ばされる。

ぎゅ、と目を瞑《つぶ》った。

けれど痛みはなくて。

代わりに、ふわりと頬に触れられた。

「怪我《けが》はなかったのか？」

「！」

「手を見せて」

固く握っていた手を魔王さまに開かれた。

怪我をしていないことを確認すると、魔王さまはため息を吐《つ》いた。

「このインク瓶は少しのことでは壊れないようにできているのに。お前、魔力を込めて壊したな？」

「っ」

「この馬鹿」

そう言って額をつん、とつつかれた。

わたしは思わず、額を押さえて瞬《まばた》きをする。

「……わたし、わざとやったんだよ。怒らないの？」

「怒ってるだろ」

「……叩《たた》いたり、追い出したり。わたしのこと、嫌いになったりしないの……？」

なんで。

なんでそんなに愛おしそうな顔で、心配そうな瞳《ひとみ》で、わたしを見るの……？

「どうして大切なお前に、そんなことができる？」

魔王さまはわたしの頬を撫でてそう言った。

その優しさが理解できなくて、受け入れられなくて、首を横にふる。

「本当はわたしのこと、嫌いでしょう……？」

「いいや。そんなことは少しも思っていない」

「わ、わたしのこと、いなくなって欲しいって、思ってるんでしょ？」

魔王さまの背後にいたティアナが首を振った。

「いいえ、プレセアさま。私たちは、少しもそのようなことは思っておりません」

そう言われてなんだか怖くなる。

「み、みんな変だよ」

思わずあとずさった。

「わたし、人間の世界にいたとき、何やっても嫌われてたの。髪も目も変だって」

声が震える。

「み、みんなのために頑張ったら、いつか、誰かが優しくしてくれるかなって思ってたけど、でも
……でも何やってもダメだった」

「……」

「わたしがそういう存在だから。何をしても一生このままのはずだったの」

愛されたいと思うのに。居場所が欲しいと思うのに。

いざそのときがやってくると、わたしはその優しいものを上手に受け取れなかった。

今も人を試すようなことでしか、愛を確認することができない。

自分をコントロールできない……。

スカートを握って震えていると、ティアナが真剣な声で言った。

「プレセアさま、確かにインク瓶を割るなんて、とってもいけないことですよ」

「！」

びく、とわたしは肩をゆらした。ティアナは少し怒っているようだ。

とうとう突き放されてしまうのかと、わたしは怯《おび》える。

「陛下が困ってしまうでしょう。床もこんなに汚れて、お掃除するのが大変です」

でも、とティアナは続ける。

「それよりももっと大変なのは、あなたが傷ついてしまう可能性があるということです」

厳しくて、それでいて優しい瞳がわたしを捉えて離さない。

「プレセアさま。私たちをよく見てください。一緒に過ごした時間を、よく思い出してください」

「……！」

「インク瓶を割ったくらいで、誰があなたを嫌いになんかなりますか。もちろん、私は怒っていますよ、あなたが危ないことをしたのだから。もしも怪我をしていたらと思うと、私は恐ろしくてたまりません。あなたが大切だからこそ、私はあなたを叱るのです」

あの時もそうだった。

庭園を壊しちゃった時。

――お怪我はございませんか‼

ティアナは駆け寄って、真っ先にそう尋ねてくれたっけ。

わたしの身を案じているからこそ叱るのだと、今もティアナは言う。神殿ではそんなふうに叱られたことがなかった。ただ怒鳴られて、叩かれて、怖い記憶が残っただけだった。

でもティアナたちは違う。わたしのことを想って、叱ってくれる……。

窓からの日差しが、きらりと光った。

魔王さまが微笑《ほほえ》んで手を差し出す。

「さあ、こっちへおいで」

――そっちへ行ってもいいの？

眉を下げて、魔王さまの顔と手を見比べる。

「プレセア」

「あ……」

そちらへ行きたい……。

「ま、魔王さま、わたし……」

聞くのが、怖い。

でも聞かずにはいられない。

「に、人間の世界は、もういや。ずっと……ずっとここにいたいの。魔王さまのところにいたいの。

わたし、ここにいても、いい……？」

「……ああ、当たり前だ。ずっとここにいてくれ」

魔王さまは頷《うなず》いた。

わたしは顔がクシャッてなった。

「なんで……なんでそんなに優しくしてくれるの……？」

思わずそう聞けば、魔王さまは迷わずに答えた。


「……お前を愛しているから」


ブワッと涙が出てきた。

我慢できなかった。気づいたら体が勝手に動いていた。

広げられた腕に飛び込んで、魔王さまにぎゅうと抱きつく。

鼻水とか、インクとかで顔がぐしゃぐしゃになったわたしを魔王さまは抱きしめてくれた。

「わ、わたし、だ、誰かに、認められたかった。ここにいていいよって、言って欲しかった」

「……ああ」

「ただ、居場所が、欲しかっただけなの……」

「お前の居場所はここだ。人間界には、もう二度と帰さない」

魔王さまはそう言って、わたしを優しく抱きしめてくれた。

わたしはしばらく魔王さまにすがって泣いた。そうしたら、心の中の醜いものが少しだけ流れて出て行ったような気がした。

涙が落ち着いてきたので、目をゴシゴシ擦《こす》って魔王さまに謝る。

「インク瓶、ダメにして本当に、本当にごめんなさい……」

「お前に怪我がないならもういい」

魔王さまはわたしの顔を上げさせると、グイと涙を拭《ぬぐ》った。

「だからずっとここにいろ、プレセア」

「うん……」

頑《かたく》なに魔王さまたちのことを疑っていた心が柔らかくなって、ようやく自分の気持ちを受け入れられた気がした。

わたしは幸せになってもいいんだ。

わたしも誰かに愛されていいんだ。

居場所があっていいんだ。

ズビズビ鼻をすすっていると、ほっとしたようなティアナとエリクがこちらへ近づいてきた。

「あ〜、びっくりしました。プレセアさまがお怪我でもされたらもう、大変ですよ」

エリクが胸《むね》を撫《な》で下ろした。

「魔法のインクは落とすのが大変ですからね。今日は服も体も、丸洗いですよ！」

ティアナがわたしの頬についていたインクを、ハンカチでグイグイと拭う。

「う……ティアナァ」

「きゃっ」

思わずティアナに抱きつく。ティアナはびっくりしていたけれど、わたしの頭を撫でて笑ってくれた。

「あらあら。これじゃあ、一緒にお風呂《ふろ》ですね」

「うん……」

涙でベシャベシャになった頬を拭って笑う。

わたしの中で何かが大きく変化した瞬間だった。

もう人間界へは帰らない。

わたしはずっとここで暮らす。

やっと、自分の居場所を見つけられた気がした。

第十七章　わたしの居場所

わたしが壊してしまった庭に、色とりどりの綺麗《きれい》なお花が咲いていた。めちゃくちゃになっていたなんて思えないほど庭は美しく復活しており、わたしはしばらくの間見惚《みと》れてしまった。

「プレセアさまの瞳の色みたいで、綺麗ですね」

お茶の準備をしながらティアナが微笑んだ。

庭師さんは約束通り、わたしの瞳の色にそっくりなお花を植えてくれたのだ。

今日はお庭が復活した記念に、お城のみんなでお茶会をするんだよ。

ぽかぽかとしたいい天気の中、賑《にぎ》やかな声が庭園から聞こえてくる。

わたしと魔王さまは用意されたテーブルを挟んで、向かい合って座っていた。テーブルにはわたしの大好きなお菓子がたくさん並んでいる。

けれどわたしはなんだかそわそわしていた。

自分の目の色のお花に囲まれるなんて、なんだか変……。

「華やかで素敵ですね」

「素晴らしいです～」

そばにいたユキとバニリィが花を見てそう言った。

「ほんと？　ほんとにそう思う？」

思わずそう聞き返せば、ええ、と二人は頷いた。

「プレセアさまの瞳の色も、とっても素敵ですよぅ。こんなに澄んだマゼンタ色の瞳、他に見たことがありません！」

「御髪《おぐし》や瞳が輝くのは、きっと魔力が強いからなのでしょうね」

今日も二つに結い上げてもらった髪を見て、ユキがそう呟《つぶや》いた。

「魔力が強かったら、やっぱり髪や目の色が変になるの？」

それにはティアナが答える。

「確かに強ければ強いほど、普通に持って生まれる色とは異なりますね。けれどプレセアさま、変、ではありませんよ。お美しいではありませんか」

「……あ、ありがと」

褒めてもらえたことに素直にお礼を言えば、優しく微笑まれた。

ポッとほっぺたを赤くしていると、足を組んで庭を見ていた魔王さまがこちらを向く。

「プレセア」

「……なに？」

「お前、俺が用意させた花に不満があるのか」

えっ、ち、ちがうよ。

わたしは慌ててぶんぶんと首を横に振った。

「べ、別にそんなんじゃないよ」

「じゃあなんだ？」

「ただ……これでよかったのかなぁって」

もじもじと指をいじる。

「ティアナたちはああ言ってくれてるけど……他のみんなに嫌がられちゃったら、どうしよう……？」

こんな色のお花嫌って、言われたら。

悲しいな……。

俯《うつむ》いていると、魔王さまがため息を吐《つ》いた。

立ち上がるとわたしを抱き上げて庭を見る。

目線が高くなったわたしは、あちこちで働く庭師さんを発見した。

「見ろ。どこにそんなことを言う奴がいる？」

「……」

「庭師が丹精込めて世話をしている花園だ。悪く言うもんじゃない」

「……そうだね」

わたしが頷くと、魔王さまは呆《あき》れたように言った。

「俺が与えたものに文句を言える女は、お前だけだ」

「……文句じゃないもん」

「文句だ、馬鹿者」

「バカじゃないもん～！」

ぱしぱしと魔王さまを叩《たた》くと、こら、と言われた。

「たとえ他の誰かがあの色を好まずとも、俺は好きだ」

「！」

「それだけでいいだろ」

そう言って魔王さまはちゅ、とわたしのほっぺたにキスをした。

駄々をこねる子どもを宥《なだ》めるみたいに。

わたしを見る目はどこまでも優しい。

「……魔王さまのロリコン」

「言ってろ」

も～、なんか調子狂っちゃうよ。

……でもそうだよね。

この色が好きな人もいれば、そうじゃない人もいるだろう。ただそれだけの話だ。わたしの瞳《ひとみ》も髪も、この世界の人たちにとってはその程度のことなのだ。だからもう、気にしすぎるのはやめよう。黒い瞳も黒い髪も、もうそんなに憧《あこが》れない。魔王さまやティアナたちが好きでいてくれるのなら、それでいいんだ。

魔王さまに抱っこされながらふと思った。

――わたしたちの、この関係は一体何なのだろう。

父娘《おやこ》みたいな、恋人みたいな。

飼い主と、ずっとそばにいるペットみたいな。

間違いないのは、わたしたちの間にはすでに何か深い繋《つな》がりが生まれているということだろう。

もう簡単に切ることはできないような、深い繋がりが。

「ねえ魔王さま。わたしは魔王さまのペットだよ。ずっと魔王さまのそばにいるの」

気づいたらわたしはそう言っていた。

魔王さまはわたしを見てなぜか切なそうな顔をした。

……その表情は、一体何なのだろう？

「だからわたしのこと、捨てちゃダメだよ。ちゃんと歳をとっても面倒見てね。性格悪いって思っても、山とかに捨てないでね」

魔王さまは少し笑った。

「……ああ。約束しよう」

しばらく二人で庭を眺めていると、ティアナたちがわたしを呼んだ。

「プレセアさま～、準備ができましたよ！」

「美味しそうです！」

本当だ。甘いお菓子と紅茶の香りがこちらまで漂ってくる。

今日はお城のみんなでお茶会だ。

みんな新しい庭を見て、ニコニコと幸せそうに笑っていた。

わたしはその姿を見てから、大きな声で返事をする。

「……今行くっ！」


そう遠くない未来、わたしはみんなに本当のことを話している気がする。

この人たちは、わたしが聖女だろうがなんだろうがきっと受け入れてくれるとわかったから。

だからあと少しだけ。

あと少しだけ、この平和な日常をみんなで一緒に楽しんでいたいと思う。

書き下ろし　寝ない子悪い子

夜ごはんを食べて、お風呂にも入って、寝巻きに着替えた後。

少し明かりを落とした部屋の中で、ティアナは困ったように言った。

「プレセアさま、もうねんねしましょうね」

「や！」

「プレセアさま……」

ティアナはわたしを見てため息を吐く。

わたしはといえば、毛足の長いカーペットの上に座り込んで、夢中になっておもちゃのブロックを組み立てて遊んでいた。

おもちゃなんてくだらないって、誰がそんなのにハマるのさって思ってたけど。魔界のおもちゃってすごく楽しくて、恥ずかしながら思いっきりハマってしまった。

今わたしが夢中になっているのは、色とりどりの小さなブロックを組み合わせて物を作るという遊び。子どもになって趣味嗜好《しこう》が変わっちゃったのか、ひたすらブロックを組むだけでもめちゃくちゃ楽しい。

「変な時間にお昼寝しちゃったから、眠くないのね……」

困ったようにティアナは呟く。

ベッドに寝かせれば少しは眠くなると思ったのか、ティアナはわたしの腰に手を回して抱っこしようとした。

「さ、ベッドへ行きましょうか」

「いーやー！」

カーペットにへばりついてティアナの手から逃れる。

夜はまだまだこれからだもん！　まだ遊ぶからね！

そう言ってジタバタしていると、ついにティアナも諦めて手を離してくれた。わたしの頑固さは、彼女が一番よく知っているのだろう。

「困りましたね。もう九時になりますよ……」

ティアナは壁にかけられている時計を見て呟いた。

いつもならもう眠っている時間だ。だけどティアナの言った通り、夕方にたっぷりお昼寝しちゃったから全然眠くない。

「ティアナはもう寝てていいよ！」

「そういうわけにはいきませんわ。ちゃんとプレセアさまが眠るまで見守るのが保護者の役目ですもの」

保護者だって。

その言葉に胸がムズムズした。けれど今は眠るわけにはいかない。

ブーブーと唇をとんがらせる。

「魔王さま、帰ってこないから寝ない」

「……あら」

ティアナは目を丸くした。

「夜ごはん一緒に食べるって約束したのに帰ってこなかった。文句言うまで、寝ない！」

そう言うと、ティアナは優しげに微笑《ほほえ》んだ。

「陛下と一緒にいたかったですか？」

「……」

ほっぺたをぱんぱんに膨らませて肯定する。

「そうですね、約束を破った陛下も悪いですね……」

魔王さま、今日は早く帰ってきて夜ごはん一緒に食べるって約束してたのに、夕方になって急に帰るのが遅くなるとか言ってきた。わたしは厨房《ちゅうぼう》のクマおじさんに特製の可愛《かわい》いウサギケーキを頼んでいたから、すごく怒っているのだ。

ぷいっとそっぽを向いていると、部屋にノックの音が響いた。

噂をすればというやつで、ティアナが返事をすると魔王さまが部屋に入ってきた。どうやらやっと仕事が終わったらしい。

ティアナは立ち上がって挨拶《あいさつ》をしたけれど、わたしはぷいっと無視してやった。おかえりも言ってあげない。

「どうしたんだ、こんな時間まで」

いつもは眠っている時間にブロックなんかで遊んでいたから、魔王さまも驚いているのだろう。

不機嫌なわたしを見て魔王さまは眉《まゆ》をひそめた。

「……ティアナ、もう夜も遅い。あとは俺が面倒を見るから、下がっていい」

「そうですか？」

ティアナは少し笑うとわたしのほっぺにキスをして、おやすみなさいと呟いた。わたしはティアナに手を振って、彼女が退室するのを見届ける。

そうしたら魔王さまにぐいと手を引かれた。

魔王さまは屈んでわたしの目を見る。

「プレセア」

「なぁに」

呆れたような顔で彼はこちらを見ていた。

「前に約束しただろう。夜の何時までに寝る約束だった？」

「夜中の二時！」

「九時だ馬鹿」

わたしはべーっと舌を出した。

ねえ見てよ、この人お説教しようとしてる！

わたしは鼻を鳴らして言った。

「先に約束を破ったのはどっちですか？」

「……」

魔王さまは少し黙ってから、ポツリと呟《つぶや》く。

「さっき謝っただろう？」

「魔道通話機で適当に話しただけじゃん」

「適当じゃなかった」

「だって魔王さま、転移魔法ですぐ帰ってこられるのに。面倒だったからでしょ」

そう言ってふてくされれば、魔王さまは目元を緩ませた。

「あれは日に何回も使えるわけじゃない。体力も魔力もひどく消耗するから、できるだけ使いたくない」

「……ふぅん」

「拗《す》ねてるのか、プレセア」

「約束破って悪いことしたのに、なんで笑ってるの！」

魔王さまのほっぺをムイーと引っ張る。

「こら、やめろったら」

「やめません」

「わかったわかった、俺が悪かった。本当に」

わたしの手を離して魔王さまは言った。

「どうしたら許してくれる？」

「……一晩中ずーっと一緒に遊んでくれなきゃ、や！」

わがままを言いまくって、魔王さまの手を引く。

本当はちょっと眠くなってきた。けれど少しでも意趣返ししてやろうと、わたしは若干躍起になっているのだった。

「わかったよ。何をするんだ？」

魔王さまが上着を脱いで、ソファにかける。

やった！

魔王さま、遊んでくれるって！

「わたしのブロック、見て！」

ねえ見てよ。わたしが全部作ったの。

褒めて。すごいでしょ？

魔王さまは床に座って、わたしを膝《ひざ》に抱っこした。

わたしは魔王さまの背中にもたれかかって、子猫のように甘える。

目の前にはブロックを繋《つな》げて作った、大きなお城と神殿。だけどそれは魔界のお城じゃない。人間界のお城だ。

何か作ろうと思ってもわたしが詳しく知っている建物なんて、人間界のオルラシオン城と、神殿しかなかった。

「これは何？」

「お城！」

魔王さまの問いに答える。

「俺の城じゃないな」

「わたしが考えたお城だよ」

「へえ、お前の城か」

「うん。空想のお城」

そう言って城の前に作った広場を指さした。

「ここにはね、大理石の噴水があるの。天使たちの彫像があってね、竪琴《たてごと》とか、横笛とかで音楽を奏でているよ」

魔王さまはへえ、と頷《うなず》いた。

「でも大事なのは、そこじゃないよ」

「それじゃあ、何が大事なんだ？」

「ここ、右にずうっと行くとね、大きな神殿があるの。階段は五十九段。扉はね、オークの木でできてる。すごく大きいの」

「……どうして城と、こんなに大きな神殿が繋がっている？」

「国と神殿が癒着してるからだよ」

「……すごい設定だな」

魔王さまはポツリと呟いた。

わたしはなんだか眠くなってきて、説明も適当になってきた。

魔王さま、あったかくて寝ちゃいそう……。

「神殿の扉はちょっと建て付けが悪くて軋《きし》むから、気をつけて。中に入るとすぐお祈りする場所があるから、そこでお祈りしてね」

「ここは何？」

魔王さまは神殿の中の、開けたスペースを指さした。緑のブロックが敷き詰められている。

「中庭。すごくきれい。神殿は嫌いだけど、お庭は好き」

緑のブロックの上にあるのはピンクのブロックと、黄色のブロック。

「このブロックは？」

ピンクのブロックをさして、魔王さまは静かにそう尋ねる。

「ん、わたし……」

中庭で遊んでる。

お祈りの休憩中に、庭に出て空を見上げるのが好きだった。

それだけが唯一、一日の中で安らげる時間だった。

「お前が中庭にいる。それじゃあもう一人は？」

黄色いブロックをさして、魔王さまは言った。

わたしは口を閉ざして、魔王さまの腕の中で丸くなった。

黄色いドレスを着てエルダー殿下の隣に並んでいた彼女の姿が蘇《よみがえ》る。

……ヒマリちゃん、元気かな。

わたしの代わり、元気にやってくれてたらいいけど。

まぶたの裏に、じわりと日の光が差し込んだ気がした。

気がつけば、わたしは神殿の中庭でひまりちゃんと対峙《たいじ》していた。

何かがおかしくなったみたいにその光景は色褪《いろあ》せて、彼女の顔にもなんとも言えない表情が浮かんでいる。

脳裏に焼き付いたみたいに、その光景はわたしの中から消えてくれない。

わたしは――。

「プレセア」

「！」

ハッと目を覚ます。

い、いけない。少し、眠っていたみたい。

「……知らない子なの。間違えて置いちゃった」

そう言ってわたしは黄色のブロックを取って手に握った。

……もう終わったこと。わたしには関係ないことだもん。

これ以上考えなくてもいいよね。

眠くてクシクシ目を擦《こす》っていると、魔王さまに抱き上げられる。

「……眠らなくてもいいから、ベッドへ行こう」

「ん」

素直に抱っこされて、ベッドに寝かされる。

毛布をかけられ、明かりを落とされた。

寝かしつける気満々だ。

魔王さまは自分も横になって、わたしの背中をトントンし始めた。

「背中トントンしちゃダメ」

眠っちゃうんだから。

早く寝ろ攻撃には屈しないから……。

意地でも眠ろうとしないわたしに、魔王さまは苦笑した。

「もう眠そうだ」

「んん、眠くないよ」

魔王さまにしがみついて顔を上げる。

「まだお喋《しゃべ》りする」

「……ああ」

「あのねぇ、今日はね、何をしたでしょうか？」

「またいたずらしたのか」

ちがーう！

なんですぐいたずらに結びつけちゃうのさ。

「してないもん」

「そうか」

魔王さまが笑う声が聞こえてきた。

わたしはふてくされてしまう。

「今日は、魔王さまをずっと待ってたの」

「……」

「ウサギのケーキ、用意してもらったのに」

ティアナたちと食べちゃった。

魔王さまにしがみついて拗ねる。

眠くて、でも微妙に眠れなくて、気持ち悪い。

子どもになってからこの眠れない時間がすごく嫌になってしまった。

「今日は本当にすまなかった。この埋め合わせは必ずするから」

「……ほんと？」

「ああ。許してくれるか？」

「……」

ゴソゴソ、モゾモゾとわたしは寝やすい体勢を探す。

「どうした？」

「や、やっぱり背中、トントンしてくれなきゃ、や……」

魔王さまの笑い声が聞こえてきた。

ううう、恥ずかしい。でもして欲しい……。

「トントンしてくれたら、もう許してあげる……」

「ああ、もちろん」

背中にまたあの穏やかなリズムを感じる。

自然とまぶたは閉じられ、ゆっくりと視界が暗闇に包まれた。

「まお、さま……ずっと一緒がいい……」

いつか、じゃなくてずっとそばにいて欲しい。

眠りに落ちる前、そんなことを思った。

朝起きて、あのぼろっちい神殿の自室にいたらどうしようと、時々怖くなる。

みんなと一緒にいたい。わたしは前よりも強く、そう願うようになっていた。

「大丈夫だ。もう怖いことは何もないから。お前がここにいる限り」

そう囁《ささや》かれてほっとした。

うとうととして、やがて眠りに落ちてしまう。

けれど意識が完全に闇に溶ける、ほんの少し前。

右の手のひらに、小さな痛みを感じた。

——握られていたのは、黄色いブロック。

柔らかな子どもの皮膚に包まれたそのブロックは、わたしの心の中にわずかな違和感を残し続けた。このまま何事もなく、この幸福な生活を続けることは本当にできるのだろうか。

……なんて、ふとそんなことを思った。

あとがき

　この度は本作をお手に取っていただき、誠にありがとうございます。

　著者の美雨音《みうね》ハルと申します。

　この小説を書き始めたのは、昨年度、私が大学を卒業してすぐの頃でした。

　社会に出るなんて誰もが通る道だし大丈夫大丈夫、と思っていたのですが、自分の人生の中でも結構大きな変化だったらしく、心身ともにだいぶ疲弊してしまいました。

　もう無理だ、しんどい、学校に戻りたい。子どもになりたい。なんかベタベタに甘やかされたいヴァァアアアッッ‼（号泣）となって爆誕したのがこの小説になります。

　自分の思う可愛《かわい》いものや好きな要素をこれでもかと詰め込んで、日々の息抜きがてら楽しくネットで執筆していたところ、運よくたくさんの方々の目に留まり、さらに運よくカドカワＢＯＯＫＳ様よりお声がけをいただき、書籍化に至ったというわけでした。

　私は映画でも本でもなんでも、どこか一つでもキラッと光る部分があればそれでいいのかなと思っています。読んだ後にキラッとしたものが一つでも心に残るのなら、それだけで読んだ価値はあるなぁと。この小説を書くときに、私はその輝く部分を「可愛い」ということにしようと決めて、執筆を始めました。少しでもこの小説に「可愛い！」とか「癒し！」と感じられる部分があればいいなぁと願っております。

謝辞を。

可愛くて素敵すぎるイラストで本作を彩《いろど》ってくださった、イラストレーターのにもし様。

原稿へのアドバイスやスケジュールの調整など、何から何まで面倒をみてくださった担当編集様。

校正様、デザイナー様、ウェブでの読者様をはじめ、この本に関わってくださいました方々と、ここまで読んでくださった皆様に、お礼申し上げます。

美雨音ハル

お便りはこちらまで

〒102－8078
カドカワBOOKS編集部　気付
美雨音ハル（様）宛
にもし（様）宛

カドカワBOOKS

聖女《せいじょ》をクビになったら、なぜか幼女化《ようじょか》して魔王《まおう》のペットになりました。

2020年9月10日　初版発行

著者／美雨音《みうね》 ハル

発行者／青柳昌行

発行／株式会社KADOKAWA

〒102-8177
東京都千代田区富士見2-13-3
電話／0570-002-301（ナビダイヤル）

編集／角川ビーンズ文庫編集部

印刷所／大日本印刷

製本所／大日本印刷

Printed in Japan
ISBN 978-4-04-109845-5 C0093

新文芸宣言

かつて「知」と「美」は特権階級の所有物でした。

15世紀、グーテンベルクが発明した活版印刷技術は、特権階級から「知」と「美」を解放し、ルネサンスや宗教改革を導きました。市民革命や産業革命も、大衆に「知」と「美」が広まらなければ起こりえませんでした。人間は、本を読むことにより、自由と平等を獲得していったのです。

21世紀、インターネット技術により、第二の「知」と「美」の解放が起こりました。一部の選ばれた才能を持つ者だけが文章や絵、映像を発表できる時代は終わり、誰もがネット上で自己表現を出来る時代がやってきました。

UGC（ユーザージェネレイテッドコンテンツ）の波は、今世界を席巻しています。UGCから生まれた小説は、一般大衆からの批評を取り込みながら内容を充実させて行きます。受け手と送り手の情報の交換によって、UGCは量的な評価を獲得し、爆発的にその数を増やしているのです。

こうしたUGCから生まれた小説群を、私たちは「新文芸」と名付けました。

新文芸は、インターネットによる新しい「知」と「美」の形です。

2015年10月10日

井上伸一郎